孩子愛讀的漫畫中國經典

古詩詞故事

幼獅文化　編繪

園丁文化

看漫畫、讀故事、品經典
妙趣橫生的閱讀之旅

　　泱泱大中華，悠悠五千年。在漫長的歷史長河中，我們的祖先積累了豐富的知識和智慧，形成了源遠流長的中華傳統文化。

　　中華傳統文化包羅萬象，就像一座瑰麗的寶庫，而一個個耳熟能詳的中國經典故事，如嫦娥奔月、梁山伯與祝英台、孔融讓梨、花木蘭代父從軍、劉備三顧茅廬……就是這座寶庫中的一顆顆璀璨的明珠。

　　中國經典故事滋養了一代又一代的中華兒女，孩子們應該讀一讀這些經典故事，從小接觸優秀中華傳統文化，學習豐富的文史知識，學會明辨是非、通達事理，體會中華民族勤勞勇敢、自強不息的民族精神，在潛移默化中獲得成長的力量。

為此，我們根據孩子喜歡讀故事，也喜歡看漫畫的特點，編繪了這套《孩子愛讀的漫畫中國經典》叢書。我們首先精選出一批妙趣橫生又適合孩子閱讀的中國經典故事，如優美動人的神話故事、曲折離奇的民間故事、精彩有趣的古詩詞故事、啟人心智的《三字經》和《弟子規》故事等，再將它們改編成中國傳統連環圖的形式，配上簡潔流暢、親切有趣的文字和造型生動、表情可愛的漫畫人物，使其既富有中國韻味，又貼合孩子的閱讀特點，讓遙遠的經典故事變得可親、可讀、可感、可賞，帶領孩子展開一次奇妙的閱讀之旅。

　　與經典同行，和漫畫共舞，讓傳統文化的魅力歷久彌新。希望本叢書能帶給孩子們全新的閱讀體驗，願他們在妙趣橫生的閱讀中與傳統文化碰撞出智慧的火花。

*給家長的話：本系列的故事已流傳千年以上，故事情節還原當時的社會風俗習慣，與現今社會情況有一定差距。如有需要，家長可陪同孩子閱讀。

目錄

觀滄海……………………… 7

七步詩……………………… 12

敕勒歌……………………… 16

詠鵝………………………… 19

登幽州台歌………………… 22

回鄉偶書…………………… 25

涼州詞……………………… 29

歲暮歸南山………………… 35

終南望餘雪………………… 41

九月九日憶山東兄弟……… 44

送元二使安西……………… 48

贈汪倫……………………… 52

黃鶴樓送孟浩然之廣陵…… 57

黃鶴樓……………………… 60

楓橋夜泊…………………… 64

春望………………………… 68

聞官軍收河南河北………… 73

江南逢李龜年……………… 76

塞下曲六首（其二）……… 80

寒食………………………… 84

登科後……………………… 88

遊子吟……………………… 91

烏衣巷 …………………………… 94

題都城南莊 ……………………… 98

賦得古原草送別（節選）……… 103

題李凝幽居 …………………… 107

過華清宮絕句三首（其一）… 112

題烏江亭 ……………………… 118

清明 …………………………… 121

夜雨寄北 ……………………… 125

虞美人（春花秋月何時了）…… 130

望海潮（東南形勝）…………… 135

浣溪沙 ………………………… 140

泊船瓜洲 ……………………… 144

定風波（莫聽穿林打葉聲）… 149

醉花陰（薄霧濃雲愁永晝）… 154

滿江紅（怒髮衝冠）………… 159

示兒 …………………………… 165

釵頭鳳（紅酥手）…………… 170

破陣子・為陳同甫賦壯詞

　　以寄之 …………………… 175

過零丁洋 ……………………… 180

獄中題壁 ……………………… 186

古詩詞故事

觀滄海

[漢] 曹操

東臨①碣石②，以觀滄海。

水何澹澹③，山島竦峙④。

樹木叢生，百草豐茂。

秋風蕭瑟⑤，洪波⑥湧起。

日月之行，若⑦出其中。

星漢⑧燦爛，若出其裏。

幸⑨甚至⑩哉，歌以詠志⑪。

注釋

①臨：登上，這裏指遊覽。

②碣石（碣，粵音揭）：山名，在今河北昌黎西北。

③澹澹（粵音淡）：水波蕩漾。

④竦峙（粵音聳侍）：聳立。

⑤蕭瑟：形容風吹樹葉的聲音。

⑥洪波：洶湧的波浪。　⑦若：好像。

⑧星漢：銀河。　⑨幸：慶幸。

⑩至：達到極點。

⑪詠志：表達心志。

1 烏桓（粵音援）是古代北方遊牧民族。東漢末年，遼東、遼西和右北平的烏桓形成部落聯盟，蹋頓單于是聯盟首領。

2 當時正值漢室衰微，中原各方勢力互相混戰。北方的袁紹為壯大自己的實力，與烏桓來往非常密切。

3 公元200年，袁紹與曹操為爭奪地盤，在官渡展開了一場大決戰。剛愎自用的袁紹在這場大戰中一敗塗地。

4 官渡之戰後沒兩年，袁紹經受不住失敗的打擊，鬱鬱而終。

5 袁紹的兒子袁尚、袁熙見局面對他們不利，便投奔蹋頓，企圖東山再起。

6 在袁尚、袁熙的鼓動下，烏桓蠢蠢欲動，屢次入境侵擾漢民。

7 為了消滅袁氏的殘存力量，穩定北方，在謀士郭嘉的建議下，曹操決定親自率領大軍北征烏桓。

8 當曹軍走到無終這個地方時，天公不作美，連降大雨數日，道路變得泥濘不堪，難以通行。

9 郭嘉認為兵貴神速，應該丟掉輜重，快速行進，但要找一名嚮導。當地一位叫田疇的名士毛遂自薦，願為曹軍帶路。

10 曹操高興極了，馬上依照郭嘉的建議，讓將士們丟掉輜重，製造出退兵的假像，以迷惑烏桓軍。

11 之後，曹軍在田疇的帶領下，輕裝從無終出發，經由一條小路進入遼西。

12 一行人走到白狼山時，與烏桓軍正面相迎。沒有準備好應戰的烏桓軍被殺了個措手不及，蹋頓死於混戰之中。

13 袁尚、袁熙趁亂投靠了遼東太守公孫康。公孫康忌憚收留他們會得罪曹操，便設計把他們殺了，將頭顱獻給曹操。

14 曹操出征烏桓，得勝回師，在路過碣石山時，他策馬上山，登高遠望。

15 只見眼前是一望無垠（粵音銀）的大海，海中的島嶼高高矗立，草木豐茂。一陣蕭瑟的秋風吹過，海面湧起滾滾的波濤，日月星辰彷彿都是從海裏升起和降落。面對這一壯闊的情景，曹操不由得詩興大發，借樂府《步出夏門行》舊題，寫了一組詩，《觀滄海》就是其中一首十分為後人稱頌的詩歌。

七步詩

[三國] 曹植

煮豆持①作羹②，

漉③菽④以為汁。

萁⑤在釜⑥下燃，

豆在釜中泣。

本是同根生，

相煎⑦何太急？

注釋

①持：用來。　②羹：湯水。　③漉：過濾。

④菽（粵音淑）：豆，煮熟後的殘渣。

⑤萁（粵音其）：豆類植物脫粒後的莖。

⑥釜：古代用來煮食的器具。

⑦相煎：比喻兄弟相殘。

1 曹植是曹操與卞氏（卞，粵音便）的第三個兒子。他從小博覽羣書，才思敏捷，每次面對曹操的提問，都能對答如流。

2 曹植還寫得一手好文章。銅雀台建成後，曹操讓兒子們登台作賦。年輕的曹植一氣呵成，寫下了文采飛揚的《登台賦》。

3 曹操對才華出眾的曹植很是喜愛，一度想把他指定為自己的繼承人。

4 可曹植任性爛漫，不注意約束自己，喝起酒來毫無節制。有一次，他喝完酒後還駕車跑到了馳道上。

5 馳道是供天子行車之道。曹操聽說這件事後，大發雷霆。之後，曹植便慢慢失去了曹操的寵信。

6 而卞氏的長子曹丕逐漸得到曹操的信任，最終在繼承權的爭奪中取勝，被曹操立為太子。

7 公元220年，曹操逝世，曹丕順利登上王位。沒過多久，他強迫漢獻帝禪讓，自己做了皇帝。

8 雖然已經登上皇帝的寶座，曹丕卻還是把弟弟曹植看作眼中釘，一直想找機會除掉他。

9 曹丕召曹植入宮。一見面，他便對曹植說：「先王常誇讚你詩賦俱佳，今天我也想考考你。」曹植疑惑地抬起頭。

10 「若你能在七步內作詩一首，重重有賞；倘若不能，就別怪我不客氣了。」聽到這裏，曹植才明白曹丕的用意。

11 看到同胞哥哥對自己如此苦苦相逼，曹植不由悲從中來，當即吟詩一首：「煮豆持作羹……本是同根生，相煎何太急？」

12 詩意是：煮豆時，豆稭在鍋底下燃燒，豆子在鍋裏哭泣。它們本是同一條根長出來的，豆稭為何要急着煎熬豆子？

13 顯然，曹植是借這首詩質問曹丕為什麼完全不顧手足之情。曹丕聽了後十分慚愧，打消了處死曹植的念頭。

14 不過，曹植雖然保全了性命，卻始終遭受猜忌，多次被降爵位、遷封地，最後鬱鬱而終。

敕勒歌

北朝民歌

敕勒①川，陰山下。

天似穹廬②，籠蓋四野③。

天蒼蒼④，野茫茫⑤。

風吹草低見⑥牛羊。

注釋

①敕勒（粵音斥肋）：我國古代北方民族。

②穹廬：遊牧民族居住的圓形帳篷。

③四野：四面的原野。

④蒼蒼：青色。

⑤茫茫：遼闊無邊。

⑥見：同「現」，顯現、露出。

1 南北朝時期，北方的東魏與西魏兩國戰爭不斷。有一年，東魏大丞相高歡率領十萬精兵攻打西魏的要塞玉璧。

2 由於西魏守將韋孝寬很有謀略，高歡帶兵苦攻五十多天，仍未能將玉璧攻下，反而損耗了大半兵力。

3 為了能讓軍隊儘早取勝，高歡日夜思慮，焦急萬分。很快，他就病倒了。

4 西魏趁機造謠，說高歡已被西魏軍射死，還讓士兵們傳唱歌謠：「高歡鼠子，親犯玉璧，勁弩一發，元兇自斃。」

5 如果將士們聽信謠言，勢必會軍心渙散。為了安撫將士們，高歡掙扎着從病牀上起來，想在軍營中舉行一場宴會。

6 在筵席上，高歡強打起精神，與將士們開懷暢飲。大家看到高歡的狀態不錯，便放下心來。

7 高歡還讓敕勒族老將斛律金高歌一曲，以鼓舞士氣。斛律金當然明白高歡的用意，於是輕拍案几唱了一首《敕勒歌》。

8 東魏將士多是過着遊牧生活的少數民族，聽到這首民歌無不勾起了思鄉之情。他們抹着眼淚，一起加入了合唱的隊伍中。

9 筵席結束後，東魏軍一掃往日萎靡的狀態。高歡趁機將軍隊撤回境內，避免了更大的損失。

10 這首《敕勒歌》由少數民族語言翻譯成漢語流傳下來。每當人們誦讀時，總會想到北方草原水草茂盛、牛羊肥壯的景象。

詠鵝

[唐] 駱賓王

鵝，鵝，鵝，

曲項^①向天歌。

白毛浮綠水，

紅掌^②撥清波^③。

注釋

①項：脖子。　②掌：指鵝的腳掌。
③撥清波：撥動清澈的水波。

1 駱賓王出身於一個破落的官宦之家，他尚在襁褓時，父親就外出謀仕了，所以從小跟着母親和祖父一起生活。

2 駱賓王的祖父學識淵博，在駱賓王還牙牙學語時，他便教駱賓王吟詩認字。

3 在祖父的用心教育下，駱賓王七歲時便能背誦許多詩文，而且還會自己作詩。

4 一天，駱家來了一位客人。席間，祖父向客人誇耀孫子聰明伶俐，還會寫詩。客人嘴上雖附和，心裏卻不太相信。

5 吃過飯後，祖父帶着駱賓王和客人一起外出散步。走到一個池塘邊時，客人看到一羣白鵝正在水裏嬉戲。

6 為了檢驗駱賓王的詩才，客人指着大白鵝問駱賓王：「這大白鵝很是可愛，你能為牠們當場作首詩嗎？」

7 駱賓王也不怯場，只見他稍加思索，就開口吟道：「鵝，鵝，鵝……」客人一聽，捂嘴笑道：「原來是一首打油詩。」

8 祖父笑呵呵地撫着鬍子，對客人說：「先不急着下結論，讓孩子把詩唸完。」

9 駱賓王自信滿滿，一點兒也不受影響，繼續唸道：「曲項向天歌。白毛浮綠水，紅掌撥清波。」這首詩將白鵝戲水時的可愛姿態描繪得活靈活現，客人聽了不由得稱讚道：「孩子，你小小年紀便能寫出如此好詩，真是個神童！」

登幽州台歌

[唐]陳子昂

前不見古人，

後不見來者。

念天地之悠悠①，

獨愴然②而涕下。

注釋

①悠悠：形容時間久遠、空間廣大。

②愴然（愴，粵音創）：悲傷淒涼。

1 陳子昂是梓州射洪人，家境富裕的他，年少時不懂得讀書，喜歡行俠仗義，後來奮發讀書，中了進士。

2 公元684年，陳子昂上書論政。武則天很欣賞他的才幹，任命他為麟台正字，後升任他為右拾遺。

3 陳子昂滿懷政治抱負,直言敢諫,常常批評當時的弊政,惹得武則天很不高興。他還曾一度因「逆黨」株連而下獄。

4 696年,契丹攻陷營州。武則天派她的姪子武攸宜率軍征討,陳子昂在武攸宜幕府擔任參謀,隨同出征。

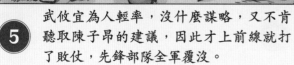

5 武攸宜為人輕率,沒什麼謀略,又不肯聽取陳子昂的建議,因此才上前線就打了敗仗,先鋒部隊全軍覆沒。

6 陳子昂一面為犧牲的將士難過,一面向武攸宜請求帶兵出擊契丹軍隊,沒想到被武攸宜直接拒絕。

7 陳子昂碰了一鼻子灰還不死心，過了幾天又去向武攸宜獻計。武攸宜不聽，反而將他貶為軍曹一職。

8 陳子昂接連受到挫折。一天，他登上幽州台，極目遠眺，不由得想起戰國時代燕昭王在幽州台放置千金招攬人才的故事。

9 他聯想到自己當前的處境，不禁產生了一種生不逢時、懷才不遇之感，寫下了《登幽州台歌》等詩篇以抒發情懷。

10 之後，陳子昂辭官回鄉。當地縣令貪婪殘忍，捏造假案對他加以迫害。最後，陳子昂在獄中憂憤而死。

回鄉偶書

[唐] 賀知章

少小①離家老大②回，

鄉音③無改鬢毛衰④。

兒童相見不相識，

笑問客從何處來？

注釋

①少小：小時候。 ②老大：老年。

③鄉音：家鄉的口音。

④鬢毛衰：兩鬢的頭髮已經
　　　　　斑白。

1 自古以來，越州山清水秀，名勝薈萃，唐代詩人賀知章就出生在那裏。

2 美麗的家鄉山水滋養了賀知章的創作才華，也讓他對家鄉十分依戀。據說他在考中進士之前都沒有離開過越州。

3 公元695年，賀知章考中了進士。帶着為國為民的抱負，他離開家鄉，客居京城，開始了他的為官生涯。

4 沒想到，他這一去就是近五十年。他曾在朝廷擔任禮部侍郎、太子賓客及秘書監等職務，深受朝臣們的敬仰。

5 744年，賀知章感覺自己的身體日漸衰弱，於是上書唐玄宗，請求告老還鄉。

6 唐玄宗同意了賀知章的請求。在他離開長安那天，唐玄宗親自作詩相送，大臣們也都來為他餞行。

7 經過長途跋涉，白髮蒼蒼的賀知章終於回到了闊別多年的家鄉。他慢慢地走在家鄉的石板路上，心情十分激動。

8 突然，迎面走來了兩個小孩，他們笑着問賀知章：「老爺爺，我們不認識您，請問您是從哪裏來的？」

9 賀知章聽了，忍不住笑着說：「我雖然是從很遠的地方來，但這兒是我的家鄉，我回家來了。」

10 這時，熱情的親友們聞訊趕來迎接。賀知章激動地看着他們，發現除了幾位舊時的兄弟老友，其餘的人他都沒見過。

11 這些人擁着賀知章進到屋裏，大家圍坐在一起暢談敍舊。一位好友說：「你離家這麼多年，鄉音可是一點兒也沒變啊！」

12 賀知章回答道：「鄉音雖然未改，但是我當初離開家鄉時正值壯年，再回來時已經兩鬢斑白了。」

13 親友們離開後，賀知章寫了一首《回鄉偶書》：「少小離家老大回，鄉音無改鬢毛衰。兒童相見不相識，笑問客從何處來。」

14 就在這一年，賀知章在故鄉的山水之間安然辭世，終年八十六歲。

涼州詞

[唐] 王之渙

黃河遠上白雲間，

一片孤城萬仞①山。

羌笛何須怨楊柳②？

春風不度玉門關③。

注釋

①萬仞：古代以七尺或八尺為一仞。

②楊柳：指古曲《折楊柳》。古時有
折柳贈別的習俗。

③玉門關：關口名，唐代通往
西域的交通要道。

1 唐朝開元年間，詩人王之渙、王昌齡、高適齊名。一天，天上飄着小雪，三位志趣相投的詩人相約一起去旗亭飲酒。

2 他們上樓後，坐在臨窗的角落裏，一邊飲酒，一邊欣賞窗外的雪景。

3 過了一會兒，一羣歌女帶着樂器登樓宴飲。她們正值妙齡，其中最年輕的身穿高腰長裙，懷抱琵琶，十分引人注目。

4 歌女們在不遠處落座。她們的談笑聲傳到了三位詩人的耳朵裏，他們很快就知道這些歌女都是梨園*中人。

* 梨園是皇帝培訓歌舞者的地方。

5 歌女們小酌了幾杯後，起了興致，在席間奏樂演唱起來，而且唱的都是當時有名的樂曲。

6 王之渙說：「梨園子弟的演奏可不是那麼容易聽得到的，我們今天耳福不淺啊，居然可以這樣近距離聆聽。」

7 王昌齡説：「我們三個平素都自負詩名，卻一直沒能分個高低，今天看她們唱誰的詩最多，誰就為第一，可否？」

8 王之渙和高適聽了，都點頭説好。於是，他們放下手中的酒杯，坐在桌前靜靜地聽歌女們演唱。

9 隨着樂聲起，只聽一位歌女唱道：「寒雨連江夜入吳，平明送客楚山孤。洛陽親友如相問，一片冰心在玉壺。」

10 這是王昌齡的一首名詩《芙蓉樓送辛漸》。王昌齡十分開心，伸出手指在牆上畫了一個記號，表示先獲得一票。

11 另一位歌女接着唱道:「開篋(粵音俠)淚沾臆,見君前日書。夜台今寂寞,猶是子雲居。」

12 這是高適的詩《哭單父梁九少府》,歌女演唱的是開頭四句。高適聽了,也在牆上做了個記號。

13 接下來,又有一位歌女一展歌喉,她唱的是王昌齡的《長信秋詞》,淒美、哀怨的歌聲令人動容。

14 王昌齡聽了,高興地在牆上又做了一個記號。王之渙有些失望,因為他是三人中最年長的,卻不料到今日比賽落了下風。

15 王之渙喝了一口酒，站起來說：「如果那位年輕的琵琶歌女不唱我的詩，那我甘願認輸；要是她唱了，你們得拜我為師。」

16 高適和王昌齡也不與他爭論，各自舉杯飲酒，席間卻散發出一股緊張的氣氛，他們急切地等着下一首歌曲。

17 終於，那位琵琶歌女出場了，她調了調琵琶的軸，開始撥動絲弦，清脆的樂曲頓時傳了過來。

18 歌女唱道：「黃河遠上白雲間，一片孤城萬仞山。羌笛何須怨楊柳，春風不度玉門關。」她唱的正是王之渙的《涼州詞》。

19 王之渙一掃之前的失落情緒，拍案而起，大聲說道：「怎麼樣？你們可服了？快把酒拿來，拜師行禮。」

20 隨後，三人歡笑不已，舉杯暢飲。鄰桌的歌女們聽到動靜，紛紛走過來看個究竟。

21 當她們看到在一旁飲酒的是三位大名鼎鼎的詩人時，不由得恭敬地行禮，請他們一起喝酒談天。

22 於是，三位詩人與歌女們一道飲酒、談詩、聽歌，一直到晚上才盡興而歸。

歲暮歸南山

[唐]孟浩然

北闕①休上書，南山歸敝廬②。

不才③明主棄，多病故人疏④。

白髮催年老，青陽⑤逼歲除⑥。

永懷愁不寐，松月夜窗虛⑦。

注釋

①北闕（粵音決）：皇宮北邊的門樓，那是
等待朝見或上書之處。

②敝廬：對自己破落家園的謙稱。

③不才：不成材，此處是作者的自謙之詞。

④疏：疏遠。

⑤青陽：春天。

⑥歲除：年終。

⑦虛：空寂。

1 唐代詩人孟浩然早年隱居於家鄉鹿門山，閉門苦讀，快四十歲才來到長安參加進士考試。

2 他自以為可以憑藉自身的才學蟾宮折桂（即中舉）。沒想到，他多次應試，都名落孫山。

3 為了謀得一官半職，他還曾將自己寫的詩獻給一些有權勢的人，希望得到對方的舉薦，然而結果並不遂人意。

4 在這樣困窘、失意的處境下，孟浩然創作了《歲暮歸南山》一詩，來抒發自己懷才不遇的苦悶心情。

5 幸運的是，滯留長安時，他認識了許多志同道合的詩友，他們常常聚在一起探討作詩心得，這使得他不至於太孤單失落。

6 一次，他應邀參加太學的吟詩會。在會上，他即景賦詩一首，滿座皆為驚歎。一時間，他的詩名傳遍了整個長安城。

7 詩人王維通過那次吟詩會與孟浩然結識，兩人成了好朋友。

8 據傳，有一次，王維私下邀請孟浩然到內署做客。他們兩人正聊得起勁，忽然有人來報告說唐玄宗來了。

古詩詞故事

9 孟浩然一聽，大驚失色。因為按規定，平民是不可以隨便進出內署的。慌亂之中，他鑽到屋內的牀底下躲了起來。

10 不一會兒，唐玄宗進來了。他見王維神色慌張，桌上的兩杯茶還冒着熱氣，便好奇地問：「剛才你是在接待客人嗎？」

11 王維不敢欺瞞唐玄宗，只得恭敬地回答道：「陛下，剛剛微臣正在與好友孟浩然談論詩文。」

12 唐玄宗一聽，很高興，連忙說：「朕早就聽說過此人的大名。他現在在哪裏？快召他來見朕。」

13 孟浩然聽到唐玄宗這麼說，只好狼狽地從牀底下爬出來，向他請安。

14 唐玄宗細細地打量孟浩然，見他長得清秀俊逸，心裏更是喜歡，問道：「你最近可有什麼新作？唸給朕聽聽。」

15 王維意識到孟浩然的機會終於來了，在一旁偷偷給他使眼色，讓他好好表現。

16 可是，孟浩然第一次見皇上，緊張得直冒汗。他想了老半天，才吞吞吐吐地吟誦出《歲暮歸南山》一詩。

17 唐玄宗一開始還滿臉笑容，當聽到「不才明主棄」一句時，頓時臉色大變：「是你自己不想做官，怎麼賴在朕頭上了！」

18 孟浩然這才反應過來，連忙跪倒在地，請求唐玄宗恕罪。王維見龍顏大怒，也跪在一旁，為孟浩然求情。

19 唐玄宗生氣地說：「既然孟浩然你不願上書『北闕』，那就像你所說的『歸南山』吧！」說完，他便拂袖而去。

20 就這樣，孟浩然錯失了展現自己才華的大好機會。他自覺做官無望，沒過多久便辭別王維，到各地遊歷去了。

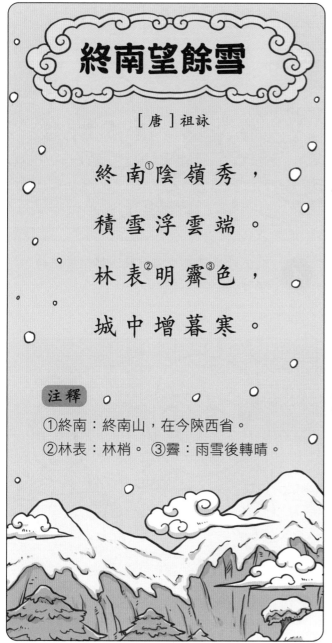

終南望餘雪

[唐] 祖詠

終南①陰嶺秀，

積雪浮雲端。

林表②明霽③色，

城中增暮寒。

注釋

①終南：終南山，在今陝西省。

②林表：林梢。 ③霽：雨雪後轉晴。

1 公元724年，都城長安舉行一場科舉考試，考的是「試帖詩」，要求寫詩每句五個字，共寫十二句。

2 開考後，祖詠和其他考生一齊步入了考場。很快，監考官把試卷發了下來，考題是「終南望餘雪」。

終南望餘雪

3 終南山在長安南面，從城裏隱約可見。祖詠常去終南山遊玩，對那裏的雪景非常熟悉，這道題對他來説太簡單了。

4 其他考生還在搜腸刮肚、冥思苦想時，祖詠就已經構思好了。

5 只見他不慌不忙地磨墨濡筆，唰唰地在試卷上寫起來：終南陰嶺秀，積雪浮雲端。林表明霽色，城中增暮寒。

6 不一會兒，四句詩就寫好了。祖詠反覆吟詠，感覺詩意表達十分完整，聲調、對偶、押韻都很到位，是一首難得的好詩。

7 不過，當他抬起頭看到周圍的考生時，才想起這是一場考試。按試帖詩的要求，他還要再寫幾句，該怎麼辦呢？

8 思考之後，祖詠不願為了追求功名而糟蹋自己的詩作。於是，他放下筆，遞交了考卷。

9 監考官見他的試卷上才寫了四句詩，便好奇地問他原因。祖詠說：「意境已經寫盡了。」說完，他就離開了考場。

10 這次考試，祖詠自然沒被錄取。不過，他的這首詩卻從眾多的試帖詩中脫穎而出，成為膾炙人口的名篇。

九月九日①憶山東兄弟

[唐] 王維

獨在異鄉為異客，

每逢佳節倍思親。

遙知兄弟登高處，

遍插茱萸②少一人。

注釋

①九月九日：農曆這天是重陽節，民間
　有登高的習俗。

②茱萸（粵音朱如）：一種香氣濃烈的
　植物。古人會插茱萸避災驅邪。

1 唐代詩人王維從小才思敏捷，九歲就能
寫詩作文。長大一點後，他又精通繪畫
和音樂，是遠近聞名的才子。

2 王維是大哥，下面有四個弟弟。他們兄
弟五人十分友愛，感情非常深厚。

③ 每年到了九月初九重陽節這一天，他們都會帶上酒食和茱萸，結伴到附近的山上去登高遊覽。

④ 他們在山坡上鋪開席子，開懷暢飲，還會插戴茱萸，以祈福消災。

⑤ 在王維十幾歲的時候，他離開家人去了京城，尋求更大的發展。

⑥ 當時的長安城經濟繁榮，熱鬧非凡。在鱗次櫛比的亭台樓閣、豪宅深院中住著許多聲勢顯赫的王公貴族。

7 王維由於才華出眾，很快就受到了他們的青睞。他們常常邀請王維進府，讓他在席間酒後寫一些詩文助興。

8 這樣的生活雖然不是王維想要的，可是如果不去應酬，他就會失去與達官貴人結交的機會，這令王維深感困擾。

9 很快幾個月過去，一年一度的重陽節到了。一大早，通往城外的大道上人馬絡繹不絕（絡繹，粵音落亦），長安百姓或騎馬，或駕車，或步行，到城南的終南山登高過節。

10 王維也按照習俗登高遠眺。他一邊順着山路漫步前行，一邊欣賞着山間美景。

11 在山上，到處都有圍坐在一起的人，他們舉杯暢飲，談笑風生。看着他們，客居他鄉的王維心中不由得湧出一陣思鄉之情。

12 他好像看到弟弟們仍然像往年一樣登高遊覽，可是當他們拿起茱萸輪流插在對方的鬢髮時，才發現少了大哥王維。

13 王維思念弟弟，寫下七言絕句：「獨在異鄉為異客，每逢佳節倍思親。遙知兄弟登高處，遍插茱萸少一人。」

送元二使安西

[唐]王維

渭城朝雨浥①輕塵，
客舍②青青柳色新。
勸君更盡一杯酒，
西出陽關③無故人。

注釋

①浥（粵音泣）：濕潤。
②客舍：旅館。
③陽關：古代關名，故址在今
甘肅省敦煌西南。

1 詩人王維有一個朋友叫元常。因為在家裏的兄弟中排行第二，所以他又被朋友們叫作「元二」。

2 有一年，元二受朝廷的派遣，去遙遠的安西都護府任職。

3 王維十分捨不得好友，於是特意趕去為他送行。

4 王維一路相送，依依不捨地將元二送到了渭城。

5 送君千里，終須一別，元二勸王維在此地分別，王維只得點頭答應。不過，此時天色已晚，他們便找了一家客棧暫作休息。

6 第二天早上，渭城突然下起了小雨，地上的塵土被打濕了，路邊柳樹的枝葉被洗得綠油油的。

7 在客棧的廳堂上，王維讓店家擺了一桌酒宴，各式菜餚已經上齊，酒杯也已經擺好。

8 王維和元二一同就座。筵席上的氣氛有些凝重，他們都知道此地一別，以後將難以再相見了。

9 他們喝了一杯又一杯。最後，王維拿出一個包袱遞給元二，說：「這是一件新棉襖，披着它趕夜路會暖和些。」

10 元二感激地收下了。他不想讓朋友太難過，就強顏歡笑道：「你是大名鼎鼎的詩人，何不作一首詩為我送別？」

11 王維想了想,用筷子敲酒杯,吟唱道:「渭城朝雨浥輕塵,客舍青青柳色新。勸君更盡一杯酒,西出陽關無故人。」

12 王維反覆地吟唱着詩歌的最後兩句,低沉的聲音久久地迴盪在客棧的廳堂裏。

13 元二喝完最後一杯酒,便出了客棧,與朝廷派遣的驛卒向西而去。王維站在柳樹下,拿着楊柳枝,久久不願離去。

14 後來,王維這首題為《送元二使安西》的詩,被樂人譜了曲,成了經典的送行之歌,廣為傳唱。

贈汪倫

[唐] 李白

李白乘舟將欲行，
忽聞①岸上踏歌②聲。
桃花潭水深千尺，
不及③汪倫送我情。

注釋

①聞：聽見。
②踏歌：用腳打拍子，邊走邊唱。
③不及：比不上。

1 詩人李白非常喜歡遊歷名山大川，從煙雨濛濛的江南到風沙茫茫的邊塞，都留下了他的足跡和許多壯麗的詩篇。

2 李白在詩壇上聲名遠揚，很多人都很仰慕他，希望有機會與他結識，一睹他的風采。

3 有一年，李白來到涇縣附近的水西，看到那裏溪水繞寺，亭掩古塔，景色十分優美，便停下來遊玩了幾日。

4 涇縣有一位豪傑俠士汪倫很喜愛李白的詩，他聽說李白來到涇縣遊玩，便期待能與自己仰慕的人相見，把酒言歡。

5 可是如何才能把李白請到自己家裏來呢？汪倫想起附近的桃花潭，馬上有了主意。於是，他駕着小舟，來到了水西。

6 一見到李白，汪倫便拱手説：「聽説先生喜歡吟詩飲酒，我家附近就有十里桃花、萬家酒家，不知先生可願前往一遊？」

7 李白來到涇縣數日，還不知道有這樣的好地方，於是欣然跳上船，跟隨汪倫前往。

8 一路上，兩人相談甚歡。汪倫熱情地邀請李白去他家暫住，承諾第二天再陪他到附近遊玩。李白同意了。

9 就這樣，李白到了汪倫的家裏。此時已是中午，汪倫擺上好酒好菜，與李白推杯換盞，十分盡興。

10 第二天，李白想起十里桃花和萬家酒家，就問汪倫：「你說的桃花林在哪裏？我們何時去遊玩一番？」

11 汪倫帶李白來到一座山腳下，說：「桃花其實是潭水的名字，它正好在十里山下，而萬家是指酒家的店主姓萬。」

12 「我實在是仰慕先生之名，希望您能來寒舍做客，不得已才騙了您。」李白這才恍然大悟，但他被汪倫的誠心感動了。

13 接下來的幾天，汪倫陪着李白遊覽附近的山水美景，每天飲酒吃肉，好不快活。在相處中，他們結下了深厚的友誼。

14 不過，天下沒有不散的筵席，遊玩了一段時間後，李白要離開了。為了不給汪倫添麻煩，他打算悄悄地乘船離開。

15 船正要開的時候，汪倫和村裏的鄉親們趕來了。他們手拉着手，用腳踏地打節拍，邊走邊唱歌為李白送行。

16 李白又驚又喜，不由得吟出一首絕句：「李白乘舟將欲行，忽聞岸上踏歌聲。桃花潭水深千尺，不及汪倫送我情。」

17 船離岸邊越來越遠，可汪倫和鄉親們仍不願離去，不停地朝李白揮手作別。李白站在船頭，內心久久不能平靜。

黃鶴樓送孟浩然之廣陵

[唐] 李白

故人西辭黃鶴樓①，

煙花②三月下揚州。

孤帆遠影碧空盡③，

唯見長江天際流。

注釋

①黃鶴樓：位於湖北省武漢，素有
「天下江山第一樓」的美譽。

②煙花：指春天豔麗的景色。

③碧空盡：指船消失在水與
天相接的地方。

1 有一年，李白去漢水一帶遊歷。來到漢水南岸的襄陽（襄，粵音商）時，他偶然得知詩人孟浩然就在附近的鹿門山隱居。

2 李白一直很欣賞孟浩然的才華，於是帶着自己的詩作前去拜訪。

3 孟浩然的茅屋在偏僻的深山中，平時少有人來。所以當李白遠道來訪時，孟浩然十分高興，拿出美酒佳餚來款待。

4 兩人一邊飲酒，一邊談論詩歌。孟浩然十分欣賞李白，兩人言談甚歡。十幾天後，李白才依依不捨地離去。

5 很快，一年過去了。李白聽說孟浩然決定去揚州，便託人帶信，約孟浩然在江夏相見，設宴為他送行。

6 兩位好友終於重逢了，他們一起遊覽了黃鶴樓。這時正是煙花三月，長江兩岸桃紅柳綠，鳥語花香。

7 他們臨江而立，一邊飲酒，一邊交流分享最新創作的詩歌，暢敍離別之情。之後兩人在江夏逗留了許久。

8 終於還是到了分別的時刻。他們來到江邊，互相拱手道別後，孟浩然登上前往揚州的客船。

9 船慢慢啟航了，李白站在岸上，目送老朋友遠去，直到客船的影子越來越小，終於消失在天邊時，他才回過神來。看着滾滾的江水，想起剛才的離別，李白揮筆寫下了這首流傳千古的七言絕句：「故人西辭黃鶴樓，煙花三月下揚州。孤帆遠影碧空盡，唯見長江天際流。」

黃鶴樓

[唐] 崔顥

昔人①已乘黃鶴去，此地空餘黃鶴樓。

黃鶴一去不復返，白雲千載空悠悠②。

晴川歷歷③漢陽④樹，芳草萋萋⑤鸚鵡洲⑥。

日暮鄉關⑦何處是？煙波⑧江上使人愁。

注釋

①昔人：傳說有位叫費褘的古人在此乘鶴登仙。

②悠悠：久遠。 ③歷歷：清晰分明。

④漢陽：地名，在黃鶴樓對岸。

⑤萋萋（粵音淒）：形容草木茂盛。

⑥鸚鵡洲：在武昌北面，現已淹沒。

⑦鄉關：故鄉、家園。

⑧煙波：暮靄沉沉的江面。

1 傳說有個叫費褘（粵音秘依）的人，他四處求仙學道，後來在長江邊黃鶴磯上的一座樓閣上，乘鶴而去。

2 從此以後，人們就把這座樓稱為黃鶴樓。優美的傳說給黃鶴樓增添了傳奇的色彩，前來登臨遊賞的遊人絡繹不絕。

3 有一年，在當時詩壇上頗負盛名的詩人崔顥（粵音浩）來到黃鶴樓遊玩。

4 黃昏時，只見近處綠樹成蔭，遠處的江面煙波浩渺，江心的鸚鵡洲綠草萋萋。這樣的美景觸發了崔顥的鄉愁。

5 他有感而發，在牆上寫道：「昔人已乘黃鶴去，此地空餘黃鶴樓……」題為《黃鶴樓》的七言律詩就寫成了。

6 寫完後，崔顥大步離開了黃鶴樓。從此以後，他的這首詩就成了人們登樓遊賞的一道風景。

7 過了不久，李白路過武昌時，順道與朋友一起到黃鶴樓遊玩。李白扶着欄杆遠望，被眼前的美景深深地震撼了。

8 他和朋友回到樓內，觀賞前輩先賢們題詠黃鶴樓的詩作。他們一一唸下去，發現這些詩有寫得好的，也有平庸之作。

9 李白讀到崔顥寫的那首《黃鶴樓》時，頓覺眼前一亮，情不自禁地讚歎道：「真是一首佳作啊！」

10 李白的朋友也走過來欣賞，朋友看看署名，發現它原來是崔顥所作。

11 李白本來詩興大發，看了崔顥的詩後，卻改變了主意，說：「眼前有景道不得，崔顥題詩在上頭。」說完便放下筆。

12 後來，李白遊金陵時，還特意模仿《黃鶴樓》的格調，寫了一首《登金陵鳳凰台》，表示對崔顥的推崇。

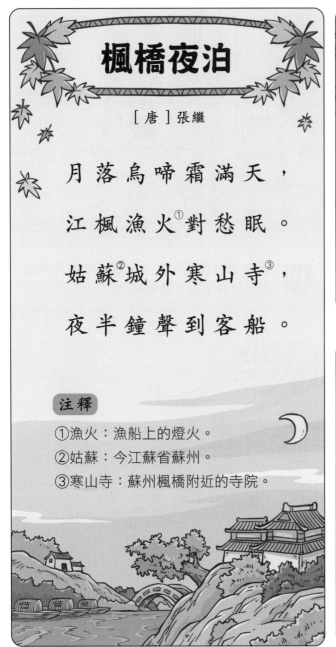

楓橋夜泊

[唐] 張繼

月落烏啼霜滿天，

江楓漁火①對愁眠。

姑蘇②城外寒山寺③，

夜半鐘聲到客船。

注釋

①漁火：漁船上的燈火。

②姑蘇：今江蘇省蘇州。

③寒山寺：蘇州楓橋附近的寺院。

古詩詞故事

1　這一年，青年學子張繼懷着金榜題名的夢想進京趕考，希望能獲取一官半職。

2　到了放榜那天，張繼滿懷希望地擠進人羣中看榜。沒想到他把榜單從頭到尾看遍了，也沒找到自己的名字。

3 張繼明白自己落榜了。他默默地回到客舍，木然地收拾好行李，準備返回家鄉。

4 張繼乘着船，一路上秋高氣爽，景色怡人，他卻因為落榜而無心觀賞。

5 他沿河而下，傍晚時來到了蘇州的楓橋鎮。鎮邊有一座叫作楓橋*的石拱橋，橋下江水清澈透底，兩岸楓樹茂密。

6 如果站在楓橋上向西望去，遠處的寒山寺若隱若現。古寺、楓橋相映成趣，成了蘇州城外美麗的風景。

*另有一說法，指「楓橋」原名為「封橋」。

7 船家把船停泊在楓橋鎮邊，讓客人們在此稍作休息，第二天再繼續趕路。

8 由於人生地不熟，再加上心情不好，張繼沒有上岸遊覽，而是點起燭火，在船艙裏看書打發時間。

9 漸漸地，夜深了，岸邊樹上傳來幾聲烏鴉的啼叫，一彎殘月向西偏斜。張繼躺在艙內的小牀上，感到陣陣寒意。

10 張繼一時無法入睡，索性起身，來到船頭，駐足遠眺。

11 只見波光粼粼（粵音鄰）的江面上停泊着許多漁船，借着漁船上忽明忽暗的燈火，可以看到岸邊成排的楓樹。

12 這時，遠處寒山寺的悠悠鐘聲傳了過來，一聲一聲撩撥着空氣，震盪着江面，也把張繼從沉思中驚醒。

13 沮喪、失落的情緒再次湧上心頭，張繼回到船艙後，提筆寫下了《楓橋夜泊》這首七言絕句，記錄下這無眠的一夜。

14 「月落烏啼霜滿天，江楓漁火對愁眠。姑蘇城外寒山寺，夜半鐘聲到客船。」伴隨着寒山寺的鐘聲，這首詩流傳了千年。

春望

[唐]杜甫

國破①山河在，城春草木深。

感時花濺淚，恨別鳥驚心。

烽火②連三月，家書抵萬金③。

白頭搔更短，渾④欲不勝簪⑤。

注釋

①國破：指國都長安被叛軍佔領。

②烽火：示警的煙火，這裏指戰爭。

③抵萬金：價值萬兩金子。意指戰爭時，
家信好比黃金般珍貴。

④渾：簡直。

⑤不勝簪：因頭髮短少，
連簪子也插不上。

1 公元755年，身兼范陽、平盧、河東三鎮節度使的安祿山在范陽起兵，「安史之亂」爆發。

2 當時，杜甫正在都城長安任職，他見叛軍所經過的州縣都望風瓦解，便十分擔憂居住在奉先的家人的安全。

3 為了提早應對可能發生的變亂，第二年夏天，杜甫匆匆去奉先把家人接到白水縣的舅父家暫住。

4 杜甫全家在白水才住了沒多久，作為長安門戶的潼關就被叛軍攻陷了。很快，白水、長安等地相繼被叛軍控制。

5 杜甫只好帶着家人，跟隨難民一起向北逃亡。他們一路奔波勞碌，最後到了鄜州（鄜，粵音枯），在羌村安頓下來。

6 到了七月中旬，太子李亨在靈武繼位，史稱唐肅宗。杜甫得知這一消息後，立即啟程投奔肅宗。

7 誰知杜甫還沒走多遠，就被叛軍抓住，押送到了長安。

8 此時的長安已經滿目瘡痍，衰敗不堪，白天大街上也見不到幾個百姓，整座城市瀰漫着一種淒涼的氣氛。

9 後來，杜甫雖然被釋放了，但不被允許離開長安。他只好找一個地方暫住下來，打算暗中打探朝廷的消息。

10 轉眼間冬去春來，杜甫已在長安城滯留了好幾個月。每到夜晚，他都十分想念遠在羌村的妻子和年幼的兒女。

11 一天早晨，杜甫外出散心。他沿着大路向南邊走去，不知不覺走到了曲江池畔。

12 岸邊嬌豔的花兒沾滿了露珠，好像也在為破落的長安城感傷。枝頭的小鳥見到杜甫，受驚似的一下子飛走了。

14 想着想着，杜甫舉起手搔了搔頭，不禁感慨愁緒紛亂，使得白髮越發稀疏，簡直快要插不住簪子了。

13 看到這情景，杜甫慨歎道：「時局如此，官軍何時才能收復長安呢？遠在羌村的妻子，又何時能給我寄來珍貴的家書？」

15 從曲江回到寓所後，杜甫研墨揮筆，將心中所感寫成了一首引起無數愛國志士共鳴的五言律詩《春望》。

聞官軍收河南河北

[唐]杜甫

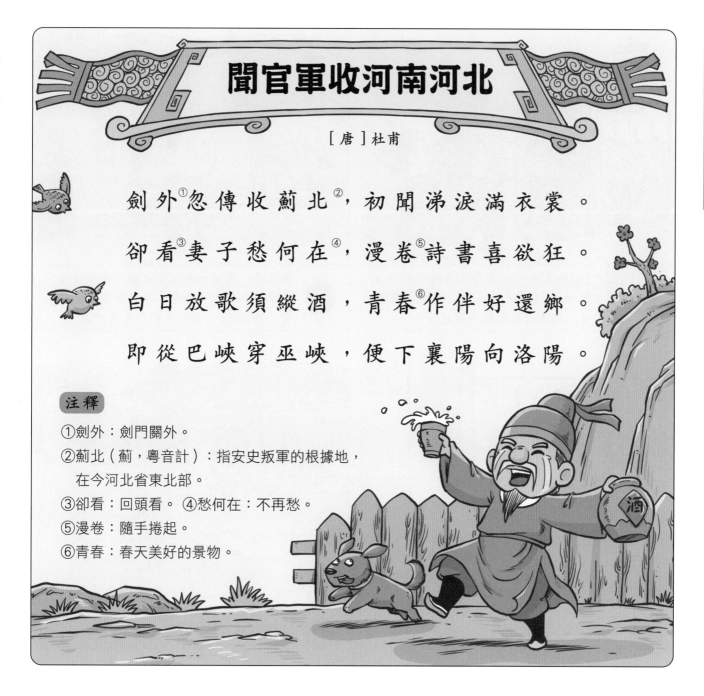

劍外①忽傳收薊北②，初聞涕淚滿衣裳。

卻看③妻子愁何在④，漫卷⑤詩書喜欲狂。

白日放歌須縱酒，青春⑥作伴好還鄉。

即從巴峽穿巫峽，便下襄陽向洛陽

注釋

①劍外：劍門關外。

②薊北（薊，粵音計）：指安史叛軍的根據地，
　在今河北省東北部。

③卻看：回頭看。　④愁何在：不再愁。

⑤漫卷：隨手捲起。

⑥青春：春天美好的景物。

1 公元762年冬季，唐軍在洛陽附近的橫水打了勝仗，叛軍頭領薛嵩、張忠志等紛紛投降，河南河北各地相繼收復。

2 第二年，史思明的兒子史朝義兵敗自縊，其部將田承嗣、李懷仙等相繼投降，持續了七年多的「安史之亂」宣告結束。

3 遠在四川的杜甫聽到這個令人振奮的消息後，以一首《聞官軍收河南河北》記錄下自己當時的激動心情。

4 這首詩的大意是：在劍門關外忽然聽說官軍收復薊北的消息，我一聽到就分外欣喜，涕淚沾滿了衣裳。

5 再回頭看看妻子和兒女，他們的憂愁早已不知去向。我一邊催促他們快快收拾行裝回老家，一邊胡亂地捲起詩書。

6 在這樣值得高興的日子裏，一定要縱情豪飲，放聲高歌，還要在迷人的春光中立即啟程還鄉。

7 就在彈指間，似乎一家人就要從巴峽乘船，穿過巫峽，順流而下到達襄陽，再從襄陽直奔故鄉洛陽。

8 不過，「青春作伴好還鄉」只是美好幻想，當時社會矛盾迭起，杜甫在戰亂結束後，仍滯留他鄉，沒能實現還鄉的願望。

江南逢李龜年

[唐] 杜甫

岐王①宅裏尋常見，

崔九②堂前幾度聞。

正是江南好風景，

落花時節又逢君。

注釋

①岐王（岐，粵音期）：
　唐玄宗的弟弟李範。

②崔九：秘書監崔滌，
　唐玄宗的寵臣。

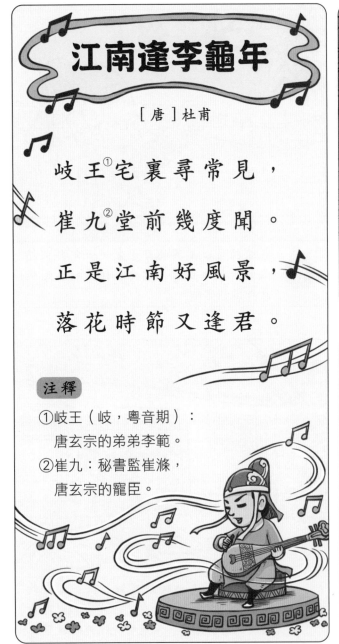

1 公元770年春天，杜甫流落在潭州一帶。此時，他已將近六十歲，長期貧病交加的生活讓他更顯蒼老。

2 一天，杜甫拄着拐杖在長沙街頭散步。街上人來人往，既有本地人，也有因躲避「安史之亂」而搬遷過來的中原人。

3 杜甫一路走走停停，看見路邊有一座酒樓，便走了進去，在角落的一張桌子前坐了下來。

4 酒樓的生意很好，除了有喝酒的客人，還有一些小販在叫賣各種零食。杜甫叫了一些酒菜，一邊喝酒，一邊看熱鬧。

5 不遠處忽然傳來歌聲：「紅豆生南國，春來發幾枝……」杜甫循聲望去，見是一位衣衫破舊的老人彈琵琶賣唱。

6 歌聲淒婉動人，卻又那樣熟悉，杜甫聽着聽着，不由得放下了酒杯，睜着一雙昏花的老眼仔細打量起那賣唱的老人。

7 「是李龜年!」杜甫激動地站起來,陷入了回憶。原來,杜甫在長安時,因寫得一手好詩,與王公貴族多有來往。

8 李龜年是唐玄宗非常寵愛的一位歌者,王公貴族常請他去府中的宴會上演唱助興,杜甫曾有幸欣賞過他美妙的歌喉。

9 眼前這位容顏蒼老、衣衫破舊的落魄老人,竟是當年炙手可熱的歌者,杜甫想到這兒,不禁感慨落淚。

10 一曲唱畢,李龜年從台上退了下來。杜甫連忙上前,請他與自己一起喝幾杯。

11 李龜年向杜甫行了個禮，放下琵琶，在杜甫對面坐了下來。杜甫回過禮後，叫店小二過來添一副碗筷。

12 「你就是歌者李龜年？我是杜甫啊！」杜甫激動地握着李龜年的手說。李龜年很驚訝，定睛細看，才認出杜甫來。

13 聊起往事，兩人都忍不住老淚縱橫，喝了一杯又一杯。他們感歎國家滿目瘡痍，也感歎自己的淒涼命運。

14 回到家後，杜甫的心情久久不能平靜，他拿出筆墨，揮筆寫下了《江南逢李龜年》這首膾炙人口的七言絕句。

塞下曲六首（其二）

［唐］盧綸

林暗草驚風^①，

將軍夜引弓。

平明^②尋白羽^③，

沒^④在石棱中。

注釋

①草驚風：草突然被風吹動。

②平明：天剛亮時。

③白羽：箭桿後部的白色羽毛。

④沒：嵌入。

1 西漢名將李廣出身於將門之家，從小就學習家傳弓法，年紀輕輕便射得一手好箭。

2 因為精通騎馬射箭，驍勇善戰，李廣從軍後，屢立奇功，聲名遠揚，成了讓匈奴聞風喪膽的「飛將軍」。

3 李廣愛與士兵們打成一片，空閒時常常帶他們到山上打獵。有一次，他和士兵們一直狩獵到半夜，仍興致不減。

4 當一行人走到一處茂密的叢林時，忽然颳起了一陣疾風。不遠處的草木間不時傳來奇怪的聲響。

5 「將軍，我之前就聽說這山裏有一隻大老虎，牠該不會就藏身在那裏吧？」一個士兵小聲地對李廣說道。

6 其他士兵一聽，頓時嚇得臉色發白，再也不敢往前行進半步。

7 「將軍，夜已深，不如我們早點回營歇息吧。」另一個士兵戰戰兢兢地提議。李廣沒有回答，只是擺了擺手。

8 嘩啦！又一陣聲響，幾棵小樹被壓彎了腰。李廣見狀，從身後抽出一枝白羽箭，彎弓搭箭，朝發出聲響的地方射去。

9 咻，獵物被射中了！奇怪的是，牠沒有發出受傷的叫聲，牠的四周反而迸射出花火。漸漸，風停了，樹林一片寂靜。

10 幾個大膽的士兵想上前追捕獵物。李廣勸阻道：「受傷的獵物跑不遠的，天亮再找吧！」然後帶着士兵們回去。

11 第二天，幾個士兵領了命令，來林中搜尋那隻受傷的獵物。「快來看啊！」一個士兵忽然在草叢間扯開了嗓子叫喚同伴。

12 同伴們跑過去，只見在草叢間立著一塊大石頭，一枝箭深深插入了石頭中，只剩下箭桿後面的羽毛還露在外面。

13 原來，李廣昨晚射中的不是老虎，而是石頭！士兵們簡直不敢相信自己的眼睛，連聲稱讚道：「將軍神力啊！」

14 後來，詩人盧綸在與張僕射作詩唱和時，寫了一組共六首的《塞下曲》，而第二首就是根據李廣射石的故事而寫的。

寒食①

[唐] 韓翃

春城無處不飛花②，

寒食東風御柳③斜。

日暮漢宮傳蠟燭，

輕煙散入五侯④家。

注釋

①寒食：節日名，在清明前一天。
　古人從這一天起，停止生火煮食
　三天，只吃冷食。

②飛花：柳絮。

③御柳：皇城中的柳樹。

④五侯：此處指受天子
　寵幸的大臣。

1 唐朝大曆年間，詩壇上出現了十位頗負盛名的年輕詩人，被稱為「大曆十才子」。韓翃（粵音宏）是比較傑出的一位。

2 韓翃年輕時曾經做過官，但後來他受人牽連，丟了差事，在家閒居了十年。

3 直到被起用為李勉的幕僚，韓翃才重新回到官場。但和他共事的年輕人並不了解他，常常話裏有話地譏諷他寫的詩。

4 韓翃不想與這幫年輕人爭執，只是自己生悶氣，有時甚至稱病躲在家裏。

5 沒想到，有一天好運竟降臨到這位不得志的詩人身上。當時朝廷正缺一個起草文書的人，皇上點名要韓翃出任這一官職。

6 中書舍人（官名）得到皇上的旨意後，去吏部查詢，卻發現有兩個叫韓翃的，一個是詩人韓翃，一個是現任的江淮刺史。

7 中書舍人不敢自作主張，又上書去問。結果皇上在上面批覆道：「就是那個寫『春城無處不飛花』的韓翃！

8 韓翃的好友韋巡官得知這個消息後，非常高興，連夜去向韓翃報喜。

9 韋巡官不顧半夜寒涼，三步併作兩步來到韓翃的屋外，一邊敲門，一邊大聲喊道：「韓先生！韓先生！」

10 韓翃從睡夢中驚醒，連忙摸索着爬起來，點亮燈，披着衣服去開門。

11 門一打開，韋巡官就喜滋滋地向韓翃道喜。韓翃不明白他道什麼喜，一臉茫然地請他進屋詳談。

12 進入屋內，見韓翃驚愕的樣子，韋巡官連忙把事情的原委跟他說了。

13 沒錯，「春城無處不飛花」這句詩正是韓翃所寫，出自《寒食》一詩。韓翃聽了韋巡官的話，眼中泛出了淚光。

14 第二天，韓翃的同僚們也知道了這個喜訊，紛紛來向他祝賀。韓翃看着他們又是羨慕又是嫉妒的表情，不禁感慨萬千。

登科後

[唐] 孟郊

昔日齷齪①不足誇，

今朝放蕩②思無涯③。

春風得意馬蹄疾④，

一日看盡長安花。

注釋

①齷齪（粵音扼促）：不如意的處境。
②放蕩：自由自在，不受約束。
③思無涯：興致高漲。
④疾：飛快。

1 唐代詩人孟郊家境貧困，十歲時父親便因病去世，母親含辛茹苦地把他和兩個弟弟撫養成人。

2 孟郊早年曾在河南的嵩山隱居讀書，到四十一歲時，他才奉母命去長安參加科舉。

3 遺憾的是，他雖然自信滿滿，在這次考試中卻名落孫山。

4 孟郊回家後更努力地學習，可是命運好像在跟他開玩笑，第二次科考他仍然沒有考上。

5 公元796年，已經四十六歲的孟郊再一次進京趕考。蒼天不負有心人，這一次他終於考中了進士。

6 新科進士宴在曲江池畔舉行，這裏同往年一樣熱鬧非凡。孟郊和其他的新科進士們一起排隊拜謝主持考試的考官們。

7 大家又從新科進士中推選出兩位長相俊美的「探花郎」，讓他們騎着駿馬，去長安城遍訪名園，並折取名花回來。

8 很快，兩位探花郎回來了，懷裏抱着各色牡丹，全都是一些名貴的品種。他倆把摘來的牡丹花分贈給大家。

9 孟郊捧着碗口大的牡丹花，細細地欣賞着，想到自己多年的辛苦堅持，終於得到回報，不由得詩興大發。

10 他歡快地吟道：「昔日齷齪不足誇，今朝放蕩思無涯。春風得意馬蹄疾，一日看盡長安花。」表現他歡快的心情。

遊子吟

[唐] 孟郊

慈母手中線，

遊子身上衣。

臨行密密縫，

意恐遲遲歸。

誰言寸草①心，

報得三春②暉③！

注釋

①寸草：非常微小的草。

②三春：指春天的孟春、仲春、季春。

③暉（粵音輝）：陽光。

1 孟郊在新科進士宴上，激動地創作了《登科後》這首歡快的小詩，在場眾人聽了紛紛叫好。

2 然而孟郊進士及第後，朝廷並沒有及時給他安排官職，他只得暫時回到家鄉，向母親報平安。

3 這樣過了五年，孟郊又奉母命進京應銓選（授予官職。銓，粵音全），終於被選為溧陽縣尉（溧，粵音栗）。

4 縣尉官職雖小，但至少能讓他安定下來。就這樣，年過半百的孟郊終於步入仕途。

5 他多年來仕途失意，飽嘗世態炎涼，因而越發覺得親情可貴，沒過多久就把年老的母親接到溧陽來同住。

6 一天晚上，孟郊從縣衙回到家裏，走進書房看了一會兒書，然後起身走到窗前。

7 窗外清風明月，他思緒飄蕩，回想起自己寒窗苦讀的日子。這些年來，家裏全靠母親支撐，她付出了多少心血啊！

8 每一次自己進京趕考，出門前母親總是要忙前忙後，連夜坐在昏暗的油燈下，一針一針地為自己縫補衣裳。

9 他想着想着，一種發於肺腑的感情噴湧而出，不由得提筆寫下了《遊子吟》這首傳世佳作。

10 千百年來，這首詩所描繪的母親為臨出門的遊子趕製衣衫的情景，撥動了無數讀者的心弦，引起萬千遊子的共鳴！

烏衣巷

［唐］劉禹錫

朱雀橋邊野草花，

烏衣巷①口夕陽斜。

舊時王謝②堂前燕，

飛入尋常百姓家。

注釋

①烏衣巷：在金陵（今江蘇省南京市）
　秦淮河南面，是三國東吳的禁衛軍駐
　地，因駐軍的軍士皆穿烏衣（黑衣）
　而得名。
②王謝：指東晉丞相
　王導、謝安。

1 詩人劉禹錫擔任和州刺史期間，常常外出考察。一次，隨行告訴他，秣陵（秣，粵音抹）就在和州的東北方。

2 劉禹錫沒有去過秣陵，感到很遺憾。他想起了朋友所作的《金陵五題》一組詩，不由詩興大發，決定也作一組同名詩。

古詩詞故事

3 由此開始，劉禹錫展開連串想像。他想着自己乘着小船在秦淮河裏緩緩前行，沿途的江南風光美不勝收。

4 不久，小船到達朱雀橋邊，船家繫纜停泊。劉禹錫便捨舟登岸，打算去附近的烏衣巷看看。

5 烏衣巷在秦淮河的南岸，三國時吳國曾設營於此。由於當時駐軍的軍士都身着烏衣，烏衣巷因而得名。

6 東晉初期，烏衣巷成了高門士族的聚居區，地位顯赫的開國丞相王導就住在這裏。巷中樓閣高聳，氣勢十分壯觀。

7 後來，王氏勢力逐漸衰弱，而在淝水之戰中立下戰功的丞相謝安，成了權傾朝野的名臣，他的親戚們也被委以重任。

8 謝安位高權重，財力雄厚，在城裏修建了多處別墅。他經常帶着子姪四處遊樂，往往一頓酒宴就要耗費百金。

9 大約到了東晉末年，謝安的孫子謝混及其族人移居到烏衣巷，成了那裏的新主人。

10 不過，到了隋朝，隋文帝下令將帝王氣太盛的六朝古都金陵城夷為平地，開墾種田。

11 所以，當劉禹錫站在朱雀橋頭時，發現橋邊早已荒草叢生，失去了當年的風光。

12 他來到烏衣巷，發現王、謝的重樓高堂早已不見，映入眼簾的是一片簡陋的民房和一羣正在屋簷下銜泥築巢的燕子。

13 至此劉禹錫收回思緒，憑着自己豐富的歷史知識和超高的想像能力，寫下了這首流傳千古的七言絕詩——《烏衣巷》。

14 《烏衣巷》是劉禹錫寫的《金陵五題》中的一首，友人讀了之後讚不絕口，逢人便稱他為奇才。

題都城南莊

[唐] 崔護

去年今日此門中，

人面①桃花相映紅。

人面不知何處去，

桃花依舊笑②春風。

注釋

①人面：指詩中所寫女子的面容。

②笑：形容桃花盛開。

1 這首詩有一個傳奇故事。有一年，崔護參加進士考試，沒想到落榜了。於是，他寄居在長安客舍，準備下次再考。

2 清明節這天，長安百姓紛紛去郊外踏青。崔護也放下書卷，興致勃勃地來到長安城南的郊外遊玩。

3 郊外桃紅柳綠，鳥語花香，崔護邊走邊觀賞沿途美景，不知不覺走了大半天，他感到有些口渴。

4 他見不遠處正好有一座莊園，便來到莊園門前，輕輕地敲了幾下門。

5 過了一會兒，一個姑娘從門裏探出頭來問道：「誰呀？」崔護連忙報上自己的姓名，並請求姑娘給他一碗水喝。

6 姑娘見他文質彬彬，不像壞人，就請他進去。崔護在院子裏坐下，很快姑娘就給他端來了一杯水。

7 隨後，她靜靜地站在一棵桃樹下，在桃花的映襯下顯得格外可愛。崔護見了，十分愛慕，就與姑娘閒談，吐露心聲。

8 姑娘並不答話，只是默默地注視着崔護，但是從她的眼神可以看出，她被崔護優雅的舉止吸引住了。

9 太陽漸漸西斜，崔護起身告辭。姑娘送他到門口，欲言又止，但最終什麼也沒說就進屋去了，崔護只好悵然離去。

10 回去以後，崔護時常想起那個姑娘。到了第二年清明，崔護又出城去找她。

11 崔護來到南莊，見院子中的桃花依舊像去年一樣開得燦爛，門卻鎖着。他十分失望，就在門上題了一首詩。

12 「去年今日此門中，人面桃花相映紅。人面不知何處去，桃花依舊笑春風。」詩中表達他對姑娘的愛慕和相思之情。

13 題完詩，崔護又在詩下寫上了自己的姓名，才戀戀不捨地轉身離去。

14 過了幾天，他又去拜訪那姑娘，開門的卻是一個老人。得知崔護的身分後，老人氣憤地說：「都是你害死了我的女兒。」

15 原來，自從去年清明以後，姑娘就神情恍惚，一副若有所失的樣子。老人也不知道原因，就帶她出去散心。

16 他們回來後，看見了門上的題詩。姑娘進屋就大哭起來，以為再也見不到崔護了，一連幾天不吃不喝，很快就去世了。

17 崔護悲痛不已，在老人的許可後，進去看那姑娘。她躺在牀上，面色仍十分紅潤。崔護抱起她的頭，哭喊道：「我來了。」

18 沒想到，姑娘慢慢蘇醒了。老人見女兒死而復生，十分驚喜，當下就把女兒許配給了崔護。二人有情人終成眷屬。

*小朋友，請記得，我們不是故事人物，死後便不能復生啊！

賦得古原草送別（節選）

［唐］白居易

離離①原上草，

一歲一枯②榮③。

野火燒不盡，

春風吹又生。

注釋

①離離：形容春草茂盛。
②枯：枯萎。
③榮：茂盛。

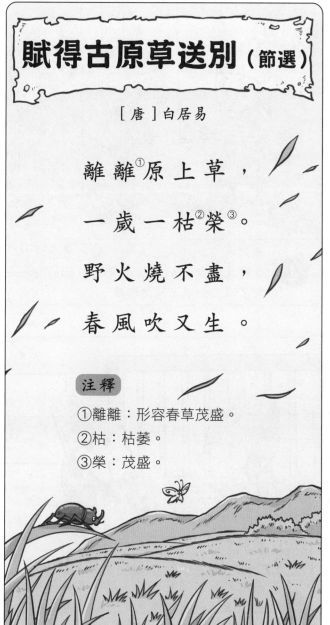

1 白居易從小喜歡讀書，小小年紀就展現出非凡的詩才。公元787年夏天，十六歲的白居易來到長安遊學。

2 當時長安有個叫顧況的人，他是有名的詩人、畫家和鑒賞家，很多人都會上門找他評點詩文。

3 不過，大部分讀書人送來的詩文都十分平庸，所以顧況心情不好的時候就會拒絕見他們。

4 來到長安後，人生地不熟的白居易遵照當時大多數人的做法，帶着自己的詩稿向京城名士顧況拜訪求教。

5 顧況正好心情不錯，就讓看門的下人把他領了進來。

6 顧況把白居易打量了一番，見他年紀不過十五、六歲，神色既恭敬又不顯得過於謙卑，既自信又不顯得傲慢。

7 顧況對白居易產生好感，便請他在廳裏坐下。顧況隨手拿起白居易的詩稿，先看了看卷首寫的籍貫、姓名和家世。

8 看到「白居易」三個字時，顧況笑着說：「原來你叫白居易。不過，這長安城裏柴米油鹽這麼貴，想要白居，可不易。」

9 顧況雖然只是開玩笑，但也暗示出一般人想來長安混飯吃不容易。白居易聽了，只是含笑坐着，並不說話。

10 顧況展開詩稿，先粗略讀了幾首，感覺眼前這個年輕人的詩寫得很好。於是，他坐直身子，認真地讀起來。

11 當他讀到《賦得古原草送別》時，不由得讀出聲來：「離離原上草，一歲一枯榮。野火燒不盡，春風吹又生。」

12 讀完這四句後，顧況驚歎道：「好！能寫出這樣的好詩，住在長安又有何難？他日肯定能名揚天下。」

13 從這以後，顧況逢人就誇白居易的詩才。這樣一傳十、十傳百，白居易很快就在長安出了名。

14 果然，沒過幾年，白居易就考取了進士。唐憲宗聽說他的名氣後，提拔他做翰林學士，後來又讓他擔任了左拾遺一職。

題李凝幽居

[唐]賈島

閒居少鄰並①，草徑入荒園②。

鳥宿池邊樹，僧敲月下門。

過橋分野色，移石動雲根③。

暫去還來此，幽期④不負言⑤。

注釋

①鄰並：鄰居。

②荒園：荒蕪的園子。這兩句
　暗示李凝的隱士身分。

③雲根：山石。

④幽期：歸隱的約期。

⑤不負言：不食言。

1 詩人賈島早年家境貧寒，生計沒有着落，只好出家當了和尚，法號無本。

2 一個幽靜的月夜，他去拜訪隱居在長安城外的好友李凝。他沿着一條荒草叢生的小路走了許久，才到達李凝的住處。

3 他抬手輕敲大門，篤篤篤的敲門聲，頓時驚飛了歇息在樹上的鳥兒。

4 過了好一會兒，還是不見有人來開門。賈島料想李凝應該不在家，只好失意而歸。

5 他為此寫了《題李凝幽居》一詩，但對「僧推月下門」一句不太滿意，一直在猶豫是否該將「推」改為「敲」。

6 賈島注重錘煉字詞，這個問題困擾了他好幾天。這天，他騎驢上街，一邊吟着這句詩，一邊做着推門、敲門的動作。

7 他光顧着吟詩煉字，忘記了周圍的一切。街上的人見他這副奇怪的模樣，都覺得好笑。

8 就在這時，京兆尹韓愈的儀仗隊走了過來。賈島因為思考過於專注，完全忘了迴避，差點就撞了上去。

9 儀仗隊的士兵見這個和尚居然敢如此放肆，一把將他從驢背上揪了下來。

10 賈島被押到了韓愈跟前。韓愈問他：「你為何衝撞我的儀仗隊啊？」

11 賈島雙手合十，鞠躬說道：「請大人恕罪。我偶得詩句，一直在斟酌詩裏的一個字眼，無意中衝撞了大人。」

12 接著，賈島就把自己寫的詩吟誦給韓愈聽，並告訴韓愈，自己正在猶豫應該用「推」還是「敲」。

13 韓愈思索後說：「在我看來，『敲』字更好。月夜訪友，『敲』門顯得更禮貌些，而且也襯托出月夜的寂靜。」

14 賈島一拍腦袋，高興地說：「對啊，我怎麼沒想到呢？您果然高明！」

15 韓愈非常欣賞賈島的才華，不但沒有怪罪他衝撞儀仗隊，還邀請他到家中做客。

16 從此，他們常常一起研究詩詞，相互切磋，成了志同道合的好友。

過華清宮①
絕句三首（其一）

［唐］杜牧

長安回望繡成堆，

山頂千門次第②開。

一騎③紅塵妃子④笑，

無人知是荔枝來。

注釋

①華清宮：唐玄宗在驪山（驪，粵音離）
　　的行宮，規模宏大，奢華壯麗。

②次第：按次序一個接着一個。

③一騎（粵音暨）：一人一馬，指為
　　楊貴妃送荔枝的騎兵。

④妃子：指楊貴妃。

1 唐玄宗在位前期，任用賢人，勵精圖治，開創了開元盛世。當時的長安猶如國際大都市，外國使臣紛紛前來朝拜。

2 但到了後期，唐玄宗漸漸地變得昏庸起來，不僅重用李林甫等奸臣，還沉湎酒色，與楊貴妃過起了驕奢淫逸的生活。

3 唐玄宗很寵愛楊貴妃，平日裏經常賞賜她各種綾羅綢緞、珠寶美玉、古董珍玩。

4 他對楊貴妃的家人也特別照顧。楊貴妃的三個姊姊都被封了國夫人，族兄楊國忠也被重重提拔，官至丞相。

5 唐玄宗醉心於享樂，不問朝政，每年都會帶着楊貴妃出遊驪山上的華清宮。

6 這天，唐玄宗與楊貴妃又到華清宮遊玩，可楊貴妃老是一副悶悶不樂的樣子。唐玄宗覺得奇怪，便追問她原因。

7 楊貴妃歎了一口氣，說：「唉，臣妾最愛吃荔枝了，現在正是荔枝豐收的季節，我卻不能吃到這種家鄉的水果。」

8 唐玄宗聽了，握着楊貴妃的手，笑道：「這還不簡單，我馬上讓人騎快馬送進宮來便是。」

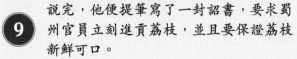

9 說完，他便提筆寫了一封詔書，要求蜀州官員立刻進貢荔枝，並且要保證荔枝新鮮可口。

10 蜀州官員接到詔書後不禁發愁。要知道長安距離蜀州千里之遙，荔枝又是極易腐爛之物，這可怎麼辦呢？

11 情急之下，官員想出了騎快馬接力運送荔枝的方法。他讓使者將裝有荔枝的小筐背在身後，往長安一路飛馳。

12 等使者到了下一個驛站，便有另一位使者接過裝有荔枝的小筐，繼續往長安進發。

13 由於時間緊迫，使者們一路縱馬狂奔。很多使者到了驛站後，連人帶馬癱倒在地。

14 就這樣，最後一個使者終於到達了華清宮門外。得知使者到來，唐玄宗急命人大開宮門，迎接使者。

15 當這一小筐荔枝送到華清宮時，它還帶有青翠的枝葉，彷彿剛從樹上摘下來。

16 唐玄宗親自為楊貴妃剝去荔枝殼，送進她的嘴裏。楊貴妃如願吃到了家鄉風味，臉上露出了滿意的笑容。

17 唐玄宗對楊貴妃寵愛到無以復加，將他的國家和子民都拋諸腦後。公元755年，安祿山和史思明發動叛亂，直逼長安。

18 唐玄宗無力抵抗，只好帶着楊貴妃和一眾皇子皇孫倉促出逃。

19 當他們來到馬嵬坡（嵬，粵音危）時，隨行的將士又餓又累，他們認為是楊國忠和楊貴妃禍國殃民，導致叛亂。

20 他們紛紛要求唐玄宗處死楊國忠和楊貴妃。唐玄宗沒有辦法，只得讓人殺了楊國忠，並賜死楊貴妃。

21 這場叛亂史稱「安史之亂」，歷時七年多。雖然最後被平定，但從那以後，唐朝的實力便一落千丈。

22 多年以後，詩人杜牧在途經華清宮時，有感而發，寫下了三首《過華清宮絕句》，其中第一首最受世人稱道。

題烏江亭

[唐] 杜牧

勝敗兵家事不期①，

包羞忍恥②是男兒。

江東子弟多才俊，

捲土重來③未可知。

注釋

①期：預料。

②包羞忍恥：忍受失敗與羞辱。

③捲土重來：指失敗後重新恢復
　勢力。

1 秦朝滅亡後，楚王項羽和漢王劉邦為爭奪天下，開始了長達三年多的「楚漢之爭」。

2 一開始，項羽佔據絕對優勢，後來由於他傲慢輕敵，使軍隊在垓下（垓，粵音該）遭到漢軍重重包圍。

③ 楚軍挤死突圍，死傷慘重。等逃到烏江邊時，項羽身邊已經沒剩幾人了。

④ 前面是波濤洶湧的烏江，後面是緊追不捨的漢軍，項羽陷入了孤立無援的境地。就在這時，烏江亭長駕船前來營救。

⑤ 他催促項羽道：「追兵就快趕到，請楚王快快上船！江東雖是小地方，但不缺青年才俊，楚王您必定能在那裏東山再起！」

⑥ 項羽卻搖頭苦笑：「想當初八千江東子弟追隨我打天下，如今卻只剩下這麼些人，我還有什麼臉面回去見江東父老呢？」

7 他將手中的韁繩遞給亭長，說：「亭長來救，項羽無以為報，這匹烏騅馬（騅，粵音追）就送給您作為答謝了！」

8 就在這時，漢軍已追殺上來。項羽二話不說，提起手中寶劍，和部下一起回過頭去與漢軍廝殺。

9 最後，項羽身邊的將士全部英勇犧牲。在絕望中，項羽舉起寶劍，自刎而死。

10 一千多年後，詩人杜牧路過烏江亭時，有感而發，在亭中題寫下《題烏江亭》一詩，表達了他對項羽霸業失敗的惋惜。

清明

[唐] 杜牧

清明時節雨紛紛，
路上行人①欲斷魂②。
借問酒家何處有，
牧童遙指杏花村③。

注釋

①行人：出門在外的旅人。
②斷魂：靈魂和身體分開，
　形容路上行人情緒低落、
　失魂落魄的樣子。
③杏花村：位於杏花
　深處的村莊。

1　唐朝時，杜牧因被捲入黨派鬥爭，而屢次遭到朝中官員排擠，先是被貶至黃州，後又被貶到池州，使他很是憤懣。

2　好在池州宜人的風光、純樸的民情足以撫慰人心。閒暇時，杜牧常常穿着便服，獨自出遊。

③ 冬去春來，轉眼便到了桃紅柳綠的清明時節。這天，杜牧處理完公務，又到西郊踏青。可走到半路，忽然下起細雨。

④ 不一會兒，杜牧的衣衫就被打濕了大半。料峭（粵音悄）的春風迎面吹來，他不由得打了個寒戰。

⑤ 若能喝杯酒暖暖身子該多好啊！可哪裏有酒家呢？他想向路人問問，卻見他們個個神色哀傷，顯然都是去掃墓的人。

⑥ 他不忍心打擾，只得作罷。就在這時，一個身穿蓑衣（蓑，粵音梳）的牧童騎着一頭老牛優哉遊哉地過來。

7 杜牧忙上前向他打聽何處有酒家。牧童用鞭子向西邊一指，說：「那邊開着杏花的村子裏就有酒家。」

8 杜牧按照牧童的指引，很快就在杏樹林深處找到了一家挑着酒旗的酒家——黃公酒家。

9 杜牧進店後，坐在靠窗位置，向店小二點了幾個下酒菜，然後喝起酒來。幾杯酒下肚，他終於感覺身上暖和了起來。

10 看着窗外的景色，再回想起剛才的情景，他不禁詩興大發。他叫店小二拿來筆墨，在牆上題了名為《清明》的詩。

11 「清明時節雨紛紛，路上行人欲斷魂……」店內客人圍過來看，他們一邊吟誦，一邊稱讚：「好詩！好詩！」

12 杜牧卻很謙虛，連連拱手向眾人稱謝，付了酒錢後，便匆匆離開了。

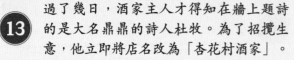

13 過了幾日，酒家主人才得知在牆上題詩的是大名鼎鼎的詩人杜牧。為了招攬生意，他立即將店名改為「杏花村酒家」。

14 從那以後，杏花村酒家的名聲便流傳開來，慕名前往的客人絡繹不絕。

夜雨寄北

[唐] 李商隱

君問歸期未有期，

巴山①夜雨漲秋池。

何當共剪西窗燭②，

卻話③巴山夜雨時。

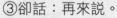

①巴山：泛指巴蜀之地。

②共剪西窗燭：形容秉燭夜談。

③卻話：再來說。

1 唐代詩人李商隱十歲喪父，與母親相依為命。由於家貧，上不起學堂，他從小跟隨一位精通五經的堂叔讀書學習。

2 李商隱天資聰穎，寫得一手好文章。十六歲時，他寫的《才論》和《聖論》兩篇文章得到了朝廷元老令狐楚的肯定。

3 令狐楚召李商隱為幕僚，給他優厚的待遇，讓他與自己的兒子令狐絢（粵音圖）交遊，還親自指點他如何寫詩作文。

4 在令狐楚的資助下，李商隱兩次赴京考試，只可惜都名落孫山。直到二十五歲，李商隱才終於考中進士。

5 當時令狐楚已經去世，李商隱便投到涇原節度使王茂元幕下。王茂元賞識他的才華，把小女兒嫁給了他。

6 但他因此捲入了黨派鬥爭。當時朝廷分成牛、李兩黨，對他有恩的令狐楚父子屬於牛黨，岳父王茂元卻屬於李黨。

7 牛黨的官員包括令狐綯在內，都覺得李商隱是個左右搖擺、忘恩負義的小人，對他冷眼相待。

8 那時牛黨正得勢，李商隱在朝廷中便處處受牛黨排擠。他輾轉於各地當幕僚，幾經沉浮，鬱鬱不得志。

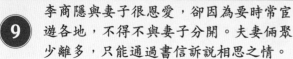

9 李商隱與妻子很恩愛，卻因為要時常宦遊各地，不得不與妻子分開。夫妻倆聚少離多，只能通過書信訴說相思之情。

10 李商隱三十五歲時在桂州刺史鄭亞手下任職，深受器重。可是，沒過多久，鄭亞就因受牛黨排擠，而被貶到循州。

11 李商隱再次丟了飯碗，只得乘船一路向北，返回長安與家人團聚。

12 路途遙遠，一個多月過去了，船才航行至巴蜀之間。此處灘險流急，偏偏遇上雨季，狂風暴雨席捲而來，驚險連連。

13 船家不敢開船，李商隱只好上岸找了間客棧暫住。沒想到，這雨一直沒有停，他在客棧裏一住就是一個月。

14 又一個雨夜，李商隱在燈下將妻子的信讀了又讀。在信中，妻子絮絮叨叨地說了很多，並在最後再次詢問他的歸期。

15 他不禁歎了一口氣。他想，在這樣的雨夜，妻子正在做什麼呢？是在輕聲哄孩子睡覺，還是在照顧年邁的父母？

16 他從行李中取出紙筆，想給妻子寫一封回信。可想說的話太多了，一時間，他又不知從何寫起。

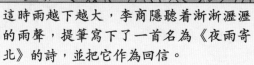

17 這時雨越下越大，李商隱聽着淅淅瀝瀝的雨聲，提筆寫下了一首名為《夜雨寄北》的詩，並把它作為回信。

18 幾天後，天空終於放晴了，李商隱踏上歸途。他站在船頭，吩咐船家加速行船，希望早日到達長安，與家人重逢。

虞美人（春花秋月何時了）

[南唐] 李煜

春花秋月何時了①，往事知多少。小樓昨夜又東風，故國不堪回首月明中。

雕欄玉砌②應猶在，只是朱顏改③。問君能有幾多愁，恰似一江春水向東流。

注釋

①了：完結。

②雕欄玉砌：雕花的欄杆和玉石砌成的台階，此處泛指遠在金陵的南唐宮殿。

③朱顏改：所懷念的人已經衰老，暗指亡國。

1 李煜（粵音旭）是五代十國時南唐的最後一位皇帝。他即位後，為保住國家，只好向宋朝進貢大量財物。

2 這位皇帝多才多藝，工詩文、精繪畫、曉音律，唯獨對國事一竅不通。他甘於向宋朝俯首稱臣，終日耽於享樂。

3 公元975年，宋太祖趙匡胤（粵音刃）加快統一中原的步伐，對南唐開戰。都城金陵抵擋不住宋軍，很快便淪陷了。

4 李煜本想自焚於宮中，但又沒有勇氣。最後，他只得命人大開宮門，率百官向宋軍投降。

5 南唐滅亡後，李煜被押送至宋都汴京（汴，粵音便），被宋太祖囚禁在一座小樓內，成了階下囚。

6 宋太祖死後，宋太宗即位。他對李煜更加刻薄，時常派人監視他的一舉一動。

7 李煜鬱鬱寡歡，只得通過詩詞來抒發苦悶。這些詞作大多抒發亡國哀思，宋太宗看到後，漸漸對李煜產生了猜忌。

8 李煜在汴京度過了痛苦的三年。這晚，春風吹拂，明月高掛，李煜獨自登樓，憑欄遠眺，一股愁緒不由得湧上心頭。

9「故都金陵如今還是老樣子吧，只有我兩鬢斑白，容顏不再了。」他歎了口氣，自言自語道。

10 想到這兒，他更加難以抑制住心中的悲痛，於是令人取來筆墨，當場創作了一首《虞美人》。

11 幾個月後，李煜迎來了他的四十二歲生日。他與后妃們聚在一起，飲酒慶賀，但此情此景，越發令人惆悵。

12 李煜便命身旁的宮女彈琴唱歌助興。「春花秋月何時了，往事知多少……」宮女一邊彈奏琵琶，一邊唱起來。

13 原來唱的正是李煜今春新作的《虞美人》。眾人聽了，都不禁淚灑衣襟。

14 這件事很快就被報告到宋太宗那裏。當他聽到「問君能有幾多愁，恰似一江春水向東流」一句時，不由得勃然大怒。

15 「這人有復國之心啊！不能再留他性命了！」說完，他命人取來毒酒，以祝壽的名義給李煜送去。

16 李煜看到來人送來御酒，心中頓時就明白了。他悲歎一聲，將御酒一飲而盡，結束了自己的性命。

望海潮（東南形勝）

[宋] 柳永

東南形勝①，三吳②都會，錢塘③自古繁華。煙柳畫橋，風簾翠幕，參差十萬人家。雲樹繞堤沙。怒濤卷霜雪，天塹④無涯。市列珠璣⑤，户盈羅綺競豪奢。

重湖⑥疊巘⑦清嘉。有三秋⑧桂子，十里荷花。羌管弄晴，菱歌泛夜，嬉嬉釣叟蓮娃。千騎擁高牙⑨。乘醉聽簫鼓，吟賞煙霞。異日圖將⑩好景，歸去鳳池誇。

注釋

①形勝：地勢優越，風景優美。 ②三吳：吳興、吳郡、會稽三郡，此處泛指今江蘇南部和浙江的部分地區。 ③錢塘：指杭州。 ④天塹：此處指錢塘江。 ⑤珠璣：泛指珍貴的商品。 ⑥重湖：西湖以白堤為界可分為裏湖和外湖，故也叫重湖。 ⑦疊巘（粵音演）：山巒重疊。 ⑧三秋：秋季，也指秋季的第三個月，即農曆九月。 ⑨牙：軍旗。 ⑩圖將：畫出。

1 杭州風光旖旎，繁華富庶，自古以來便是文人墨客嚮往之地。這年，北宋詞人柳永離開家鄉，來到杭州尋找出路。

2 放蕩不羈的柳永寫得一手好詞，還精通音律，因此常常出入歌樓伎館，與樂工和歌伎為伍。

3 他聽說舊時好友孫何是杭州太守，便主動登門拜訪，希望對方能引薦自己。誰知，門衛見他穿着寒酸，將他攔在門外。

4 柳永反覆說明身分及來意，可門衛不但不相信他，還奚落了他一番。他只好怒氣沖沖地離開了。

5 柳永深知孫何是個禮賢下士之人。他回去後，便用心創作了一首描寫杭州的美麗與富庶景象的詞，以展現自己的才華。

6 這首詞就是《望海潮》。柳永找到當時有名的歌姬楚楚，請求她日後若有機會到孫何府上參加宴會，一定要唱他這首詞。

7 沒過多久，孫何府上舉行中秋宴會。楚楚受邀表演，在席上一展歌喉。她按照約定，演唱了柳永所寫的《望海潮》。這首歌曲調悠揚婉轉，詞風清麗流暢，博得了聽眾們的陣陣喝彩。

8 孫何聽了也大為讚歎，等楚楚獻唱完畢，他便上前問道：「這首詞我從未聽過，是何人所作啊？」

9 楚楚笑道：「是柳永，聽說他還是大人的舊交呢！」孫何聽了，這才猛然想起從前的好友來。

10 於是，他馬上派人去請柳永來參加宴會。兩人在席間推杯換盞，共敘舊日趣事，氣氛十分融洽。

11 後來，柳永雖然沒有得到孫何的引薦，但是他創作的這首詞很快就傳唱開來，成為家喻戶曉的名作。

12 相傳，到了南宋時期，金國君主完顏亮有一次偶然讀到了柳永這首《望海潮》，對詞中描寫的杭州產生了嚮往之情。

13 當時杭州是南宋的都城，完顏亮特地派使臣出使南宋，讓他們四處遊覽，再將看到的風光和名勝古跡畫下來。

14 使臣回到金國後，獻上精心繪製的杭州風光圖。完顏亮看到後十分欣喜，心中有了侵佔杭州之意。

15 公元1161年，完顏亮率軍大舉南下攻宋。不過，由於完顏亮缺乏軍事才幹，最終被宋軍打得大敗。

浣溪沙

[宋] 晏殊

一曲新詞酒一杯，去年天氣舊亭台。夕陽西下幾時回？

無可奈何①花落去，似曾相識燕歸來。小園香徑②獨徘徊。

注釋

①無可奈何：沒有辦法。
②香徑：花香瀰漫的小徑。

1 晏殊是北宋初年婉約派詞人的傑出代表，他的詞筆觸細膩，清新婉麗，深受當時文人墨客的喜愛。

2 有一年，晏殊帶着隨從到揚州的大明寺去遊玩。

3 晏殊進入寺院後，四處參觀了一番。他驚訝地發現，在一處牆壁上，密密麻麻地題寫了好些詩句。

4 他頓時來了興致，找了一張椅子坐下，然後讓隨從給自己唸牆上的詩句，但不許唸出題詩人的名字。

5 隨從吟誦的詩歌一首接着一首，晏殊卻一直搖頭歎氣，似乎頗不滿意。

6 晏殊不耐煩了，正準備離開時卻聽隨從唸出一首令人耳目一新的五言律詩。晏殊驚喜地站起來，問是何人所作。

7 隨從恭敬地答道：「是江都縣小吏王琪。」晏殊想：這人很有才情，我一定要認識認識。

8 晏殊回去以後，準備好酒菜，命人請來王琪。兩人一見如故，在席間暢談古今詩詞，好不痛快。

9 飯後，晏殊覺得意猶未盡，邀請王琪與他一同到後花園散步。

10 此時正值落花滿地的暮春時節，晏殊歎了一口氣，說：「去年暮春，我偶得一詩句，至今未能對上，真是愁煞我了。」

11 王琪拱手問道：「能否請大人說說是什麼佳句？」晏殊便緩緩唸出一句：「無可奈何花落去。」

12 王琪皺眉思索。這時，有兩隻燕子嘰嘰喳喳地從他眼前飛過，王琪拍了拍腦袋說：「有了！似曾相識燕歸來！」

13 「妙！實在太妙了！對仗工整，又寓意深刻！」晏殊聽了不禁拍手叫好，心裏對王琪的敬佩又多了幾分。

14 後來，晏殊在創作《浣溪沙》一詞時，特意將「無可奈何花落去，似曾相識燕歸來」兩句放入詞中。

泊船瓜洲

[宋] 王安石

京口瓜洲一水間^①，

鍾山只隔數重山。

春風又綠江南岸，

明月何時照我還^②。

注釋

①一水間：隔着長江。間指間隔。

②還：返回原來的地方，這裏指回家。

1 王安石出生於江西臨川。十多歲時，他跟隨父親移居到了江寧。那裏後來成了他的第二故鄉。

2 王安石從小喜愛讀書，文章也寫得特別好。公元1042年，他考中了進士。

③ 之後，他做了多年的地方官，幹了不少實事，深受百姓愛戴。後來，王安石被調到了京城做官。

④ 當時的朝廷積貧積弱，各種苛捐雜稅壓得百姓喘不過氣來，各地怨聲載道，起義不斷。

⑤ 為了扭轉這種局面，王安石向宋仁宗遞上了一份奏摺，提出了一系列的改革措施，但宋仁宗沒有採納他的意見。

⑥ 1063年，王安石的母親去世了，他便以守孝的名義辭去官職回鄉。

7 1067年，年輕的宋神宗登上皇位。他胸懷大志，想對朝政進行一番改革，便將王安石召回了京城。

8 王安石被任命為宰相，主持變法。王安石不負重託，頒布了一系列的新法令，包括青苗法、免役法、保甲法等。

9 這些新法令對國家有不少益處，但觸動了保守派的利益。他們時常聚在一起，不停咒罵王安石，攻擊變法。

10 1074年，河北鬧了一次大旱災。有個官員畫了一幅《流民圖》獻給宋神宗，直言這場災難是由王安石造成。

11 在保守派的一再反對下，宋神宗動搖了變法的決心，罷免了王安石的宰相職務，王安石便離京返回了江寧。

12 第二年，宋神宗後悔了，又召回了王安石。王安石接到詔書後，乘船離開江寧。

13 此時正值春天，王安石看着兩岸的大好春光，不禁詩興大發，作了一首七言絕句《泊船瓜洲》。

14 他的這首詩表達了他對於時局喜憂參半的心情。寫完詩後，他對「春風又到江南岸」這句不太滿意。

15 他想找一個更好的字眼來代替「到」字。他先後想到「過」、「入」、「滿」等字，但都覺得不太合適。

16 就在這時，岸上傳來一聲鳥叫。王安石抬頭望去，只見一隻鳥兒在嫩綠的枝葉間歡快地啼唱。

17 「啊，『綠』字不正合適嗎？彷彿讓人看到春風吹拂大地後，萬物復蘇的情景。」王安石一拍腦袋，決定用「綠」字。

18 雖然王安石變法最終失敗了，但王安石的變法精神及他留下的詩篇一直為後人傳誦。

定風波（莫聽穿林打葉聲）

[宋] 蘇軾

莫聽穿林打葉聲，何妨吟嘯①且徐行。竹杖芒鞋②輕勝馬，誰怕？一蓑煙雨任平生。

料峭③春風吹酒醒，微冷，山頭斜照卻相迎。回首向來蕭瑟④處，歸去，也無風雨也無晴。

注釋

①吟嘯：放聲吟詠。
②芒鞋：草鞋。
③料峭：微寒。
④蕭瑟：形容風雨吹打樹葉的聲音。

1 宋代大文豪蘇軾與王安石政見不合，反對變法。由於當時變法派得到宋神宗支持，使蘇軾遭受排擠，被外派做官。

2 公元1079年，蘇軾被調到湖州任職。按照慣例，他到任後向宋神宗上表致謝，但他除了感謝皇恩，還發了幾句牢騷。

3 變法派正好趁機抓住他的把柄，幾位御史接連上書彈劾蘇軾，指責他攻擊朝政、誹謗新法。

4 宋神宗大為惱火，立即下令將蘇軾從湖州任上押送到汴京。

5 蘇軾被交由御史台審訊。御史台官員李定、何正臣等人從蘇軾的詩文中挑出個別句子，羅織罪名，想置他於死地。

6 蘇軾常常遭到審訊者的通宵辱罵。在巨大的精神壓力下，他被迫寫下數萬字的交代材料，承認自己的「罪行」。

7 此事引起了官員不滿，他們紛紛出面為蘇軾求情。宋神宗這才作罷，免了蘇軾一死，將他貶到黃州任團練副使。

8 因御史台有「烏台」之稱，故此事也稱「烏台詩案」。蘇軾到黃州後，被派做了個投閒置散的官，只得寄情山水。

9 他的官職收入很少，為解決生計問題，他申請了一塊荒地，種點莊稼自給自足。

10 由於荒地在黃州城東門外，蘇軾便把那裏命名為「東坡」，還自稱「東坡居士」。開荒耕種雖辛苦，他卻自得其樂。

11 轉眼到了蘇軾在黃州的第三個春天，蘇軾與好友相聚飲酒時，聊起自己在沙湖新購置了一塊田地。

12 好友們都很感興趣，提議一起去看看。不料，他們才走到半路，就下起了瓢潑大雨。

13 好友們都被突如其來的大雨淋得狼狽不堪，蘇軾卻毫不在乎。他披上蓑衣，一邊吟詠長嘯，一邊拄着竹杖悠然前行。

14 春風拂面，略帶寒意，吹去了他身上的酒意。就在這時，山頭上的斜陽朝他迎面照來，讓他感到了些許溫暖。

15 他再回頭看看來時的路，早已風雨消歇，一片晴空。大自然的風雲變幻與人生的境遇是何其相似啊！

16 回到家後，蘇軾將這天在野外途中偶遇風雨的小事寫成了一首《定風波》，抒發自己直面人生風雨、闊達超脫的胸懷。

醉花陰（薄霧濃雲愁永晝）

[宋] 李清照

薄霧濃雲愁永晝，瑞腦①銷金獸②。佳節又重陽，玉枕紗廚③，半夜涼初透。

東籬④把酒黃昏後，有暗香盈⑤袖。莫道不銷魂，簾捲西風，人比黃花瘦。

注釋

①瑞腦：又稱「龍腦」，一種珍貴的香料。

②金獸：獸形的銅香爐。　③紗廚：紗帳。

④東籬：菊花叢生的欄圍。語出陶淵明《飲酒》中的「採菊束籬下，悠然見南山。」

⑤盈：充滿。

1 李清照是中國歷史上著名的女詞人。她出身書香門第，精通詩詞書畫，才思敏捷，在少女時期便有才女之稱。

2 李清照十八歲時與太學生趙明誠成婚。婚後，他們一起研究碑刻字畫、詩詞創作，是人人稱羨的神仙眷侶。

3 一次，趙明誠有事外出，夫妻二人依依不捨地分別了。

4 留在家中的李清照難以排遣心中的思念之情，身體一天比一天消瘦，清秀的容顏也日漸憔悴。

5 一眨眼，到了重陽佳節。這天天氣陰沉沉的，李清照獨自待在閨房裏，看着香爐裏瑞腦香的青煙出神。

6 每逢佳節倍思親，好不容易才挨到了黃昏時候，在屋裏悶坐了一天的李清照，強打精神到庭院散心。

7 籬牆下的幾叢菊花，不知什麼時候悄悄地盛開了。李清照見了，便喚丫鬟拿來一壺酒，坐在石凳上自斟自飲起來。

8 秋風陣陣，菊花搖曳。她盯着那黃色的菊花出了神，心想：我大概比這黃花還要瘦弱得多了。

9 這天晚上，心緒煩亂的她決定給丈夫寫封信。回想這一天所做的事，她感慨萬千，提筆創作了一首新詞——《醉花陰》。

10 第二天一早，她便將這封特殊的信寄給了遠在外地的丈夫。

11 趙明誠收到妻子的來信後，也黯然神傷。為表達對妻子的思念之情，他決定寫一首和詞。

12 他希望自己這首和詞的水準能在妻子之上，所以把自己關在屋子裏苦思冥想了三天，一連創作了五十多首詞。

13 他對其中幾首還算滿意，但無法客觀評判它們是否比妻子的原作好。他思來想去，也無法決定寄哪一首出去。

14 就在這時，好友陸德夫來訪。趙明誠很高興，將妻子的詞作夾雜在自己那幾首詞中，一起拿給他看，請他評判一下。

15 陸德夫反覆看了幾遍，然後拿着李清照的詞說：「這首最好，尤其是『莫道不銷魂，簾捲西風，人比黃花瘦』這幾句。」

16 趙明誠聽了，歎了一口氣說：「唉，我耗費心血創作出來的詞作，也比不上她的即興之作啊！」

滿江紅（怒髮衝冠）

[宋]岳飛

怒髮衝冠[1]，憑闌處、瀟瀟雨歇。抬望眼，仰天長嘯，壯懷激烈。三十功名塵與土，八千里路雲和月。莫等閒[2]、白了少年頭，空悲切。

靖康[3]恥，猶未雪。臣子恨，何時滅！駕長車、踏破賀蘭山缺。壯志飢餐胡虜[4]肉，笑談渴飲匈奴血。待從頭、收拾舊山河，朝天闕[5]。

注釋

①怒髮衝冠：頭髮豎起來，頂着帽子，形容極度憤怒。
②等閒：虛度光陰。
③靖康：指金兵在靖康二年（1127年）攻陷汴京，北宋滅亡。
④胡虜（粵音老）：金兵。
⑤天闕：指皇帝住的宮殿。

1 北宋末年，朝廷腐敗，國力日衰，金國卻在這時逐漸強大起來。公元1127年，金軍長驅直入，攻下了北宋的汴京。

2 宋徽宗、宋欽宗二帝被俘虜到金國，北宋就此滅亡。由於這一事件發生在靖康二年，因此又稱「靖康之變」。

3 宋徽宗的第九子趙構因領兵在外，逃過一劫。他在江南登基為帝，建立了南宋，即宋高宗。

4 金軍沒有停止進攻的步伐，多次渡江南下，對宋高宗進行圍追堵截。宋高宗率臣僚一路狼狽南逃。

5 金軍撤離江南後，宋高宗把都城遷到了臨安，過着偏安一隅（粵音如）、歌舞昇平的日子。

6 他還派使臣向金國乞降稱臣，許諾向金國進貢，金國則歸還河南等地。

7 然而議和並沒有換來和平的生活，金國很快又大舉進犯南宋，南宋的大片土地都淪陷了。

8 危急時，朝廷派出岳飛救援。岳飛有勇有謀，馬上調兵遣將，率軍北上進擊，很快便收復了許多失地。

9 岳飛率領一支輕騎駐紮在郾城（郾，粵音演），其他將領則繼續出戰。入侵的金兵節節敗退，岳家軍聲勢大振。

10 金國將領完顏宗弼（粵音拔）集中兵力進逼郾城。岳飛派兒子岳雲率騎兵迎戰，殺得金軍屍橫遍地。

11 完顏宗弼又派出他的勁旅「拐子馬」。拐子馬每三匹馬用繩索相連，士兵身披重甲進攻，十分厲害。岳飛手持刀斧，親率步兵衝鋒陷陣，叫他們專砍馬腿。雙方從下午激戰到天黑，結果金軍被打得潰不成軍。完顏宗弼不由得感歎道：「撼山易，撼岳家軍難！」

12 岳飛率領岳家軍乘勝追擊，追到了距離汴京只有四、五十里的朱仙鎮。此時，退守在汴京城裏的完顏宗弼已陷入絕境。

13 北方人民飽受金兵搶掠之苦，見岳家軍打了勝仗，紛紛牽牛趕羊犒勞他們。民間義軍也高舉岳家軍旗號，打擊金兵。

14 岳飛興奮地對將士們説：「讓我們直搗黃龍府，痛飲慶功酒。」之後，岳飛加急傳書給宋高宗，請求他下令北伐。

15 然而，奸臣秦檜卻不斷慫恿宋高宗議和。宋高宗懼怕金軍的攻勢，也怕岳飛勢力過大，因此聽信了讒言。

16 就這樣，正準備奪回汴京的岳飛，在一天之內收到了宋高宗發出的十二道金牌，催促他班師回朝。

17 看着這一道道聖旨，他不禁悲憤落淚，慨歎道：「十年努力，如今要毀於一旦啊！」

18 回朝的路上，岳飛奮筆疾書，寫下了《滿江紅》一詞，表達他不得不放棄北伐，壯志未酬的憤慨。

19 岳飛回到臨安後，沒過多久就被秦檜以「莫須有」的罪名定罪，死於獄中。岳飛收復中原的偉大抱負也化作了泡影。

示兒

[宋]陸游

死去元①知萬事空，

但悲不見九州②同。

王師③北定中原日，

家祭無忘告乃翁④。

注釋

①元：同「原」，本來。

②九州：古代中國分為九個州。此處泛指全中國。

③王師：指南宋朝廷的軍隊。

④乃翁：你們的父親。

1 陸游出生於金軍鐵蹄南下的公元1125年，兩年後便發生了「靖康之變」。陸游從小就過着顛沛流離的生活。

2 他對國家和百姓遭受的苦難感到痛心，一心好好讀書，希望有一天能進入仕途，為國家效力。

3 為了日後能上戰場殺敵，陸游還常常夜讀兵書，早起練劍，立志成為一個文武雙全的棟樑之才。

4 1153年，二十九歲的陸游為了實現自己的抱負，到臨安參加禮部會試。

5 在那次考試中，陸游寫的文章受到主考官的青睞，取得了第一名的好成績。

6 秦檜得知孫子秦塤名列陸游之後，十分不滿。在第二年的覆試中，他利用職權除掉了陸游的名字，還禁止陸游做官。

7 直到秦檜死後，陸游才離開家鄉，出任福州寧德縣主簿。不久，他被調到臨安任職。

8 1162年，宋孝宗即位。他有理想有抱負，一心想收復中原，於是任命張浚（粵音俊）為都督，主持北伐。

9 當時陸游在張浚手下當差，他積極支援北伐，還向張浚提出了許多收復失地的建議。

10 可是，由於張浚缺乏指揮作戰的才能，再加上手下的將領不團結，北伐戰爭很快就失敗了。

167

示兒

⑪ 北伐失利如同一盆冷水，瞬間澆滅了宋孝宗抗金的雄心壯志。在主和派的不斷勸說下，他派出使臣向金國議和。

⑫ 主和派大臣還趁機說了張浚不少壞話，結果張浚被免職，陸游因受牽連而被罷免了在臨安的職務。

⑬ 數年後陸游才被重新起用，前往夔州（夔，粵音葵）做官。任期滿後，王炎邀請他到南鄭縣做幕賓，共同抗金。

⑭ 陸游欣然前往。到軍營後，他與士兵們一起訓練，時刻警惕金軍的入侵。這段軍旅生活更堅定了他抗金的決心。

15 然而，朝廷根本無意收復中原。還不到一年時間，王炎就被朝廷召回，陸游也被調到其他地方任職。

16 在隨後三十多年的時間裏，陸游輾轉各地任職，始終不受皇帝重用。他只得將滿腔愛國熱情寄託在詩歌創作上。

17 1210年，八十六歲的陸游走到了生命的盡頭。他一生最大的遺憾就是不能上戰場衝鋒陷陣，收復被金人侵佔的土地。

18 臨終前，他向兒子要來紙筆，顫顫巍巍地寫下《示兒》一詩，表達他此生的遺憾與悲憤。

釵頭鳳（紅酥手）

[宋] 陸游

紅酥手[1]，黃縢酒，滿城春色宮牆柳。
東風惡，歡情薄。一懷愁緒，幾年離索[2]。
錯，錯，錯。

春如舊，人空瘦，淚痕紅浥[3]鮫綃[4]透。
桃花落，閒池閣。山盟雖在，錦書[5]難託。
莫，莫，莫。

注釋

①紅酥手：紅潤而白嫩的手。
②離索：離散，分居。　③浥（粵音泣）：濕潤。
④鮫綃（粵音交消）：傳說由鮫人（人魚）織成
　的絲織物極薄，稱為鮫綃。此處指手帕。
⑤錦書：書信。

1. 詩人陸游有一個名叫唐婉的表妹。她從小飽讀詩書，精通琴棋書畫，與陸游情投意合。

2. 陸游二十歲時，與唐婉成了親。婚後，夫妻二人相敬如賓，十分恩愛。

3. 可是，陸游的母親看不慣兒媳整天舞文弄墨，又見她嫁進來一年了還沒懷孕，心裏對她生出了厭惡之意。

4. 她越看唐婉越覺得不順眼，沒過多久，就要求兒子把妻子休掉。陸游不肯答應，她便以死相逼。

5 在封建社會，人們要謹守孝道，絕不能違逆父母的任何意見。陸游沒有辦法，只得寫了休書，讓妻子離開。

6 不過，他暗中將妻子安排到另一處別院，瞞着母親，偷偷與妻子見面。

7 沒想到這件事很快被母親發現。母親怒火沖天，帶着家人上門去，大鬧了一場。

8 為了讓兒子與唐婉徹底斷絕往來，她逼迫兒子另娶一位溫順本分的王氏女子為妻。不久，唐婉也由家人做主另嫁了人。

9 多年後的一天，陸游心中煩悶，獨自一人去沈園散心。

10 沒想到，他在園中遇到了唐婉夫婦。此時，陸游與唐婉已將近十年未見，兩人相對無言，心中卻五味雜陳。

11 唐婉的丈夫趙士程為人大度，得知陸游的身分後，邀請他到沈園的湖心小亭一起宴飲。

12 席間，唐婉徵得丈夫同意後，還向陸游敬了一杯黃滕酒（滕，粵音騰）。一杯酒下肚後，陸游心裏更不是滋味。

13 不一會兒，陸游找了個藉口匆匆離開。他無法抑制住心中的悲苦之情，在沈園壁上提筆寫下一首《釵頭鳳》。

14 翌年春天，唐婉故地重遊，意外發現了陸游的題詞。她將那首詞一讀再讀，想起與陸游昔日的生活，不禁淚流滿面。

15 為了訴說自己心中的哀怨與淒苦之情，她在陸游的題詞旁邊和了一首《釵頭鳳》。

16 唐婉回去後終日鬱鬱寡歡，不久就生重病去世了。陸游和唐婉的兩首《釵頭鳳》流傳至今，引來人們為他們歎息。

破陣子·為陳同甫賦壯詞以寄之

[宋] 辛棄疾

醉裏挑燈①看劍，夢回吹角連營。八百里分麾下②炙，五十弦翻③塞外聲④，沙場秋點兵。

馬作⑤的盧⑥飛快，弓如霹靂弦驚。了卻⑦君王天下事⑧，贏得生前身後名。可憐白髮生！

注釋

①挑燈：撥動燈火。

②麾下：軍旗下，這裏指部下。

③翻：演奏。

④塞外聲：以邊塞為題材的雄壯悲涼的軍歌。

⑤作：像……一樣。

⑥的盧：良馬的名字。

⑦了卻：了結，完成。

⑧天下事：這裏指恢復中原之事。

1. 南宋詞人辛棄疾出生前，家鄉山東歷城已被金人佔領。他從小就耳聞目睹金人對百姓的殘酷壓迫。

2. 公元1161年，金主完顏亮南下攻宋。農民耿京等人不堪金人的壓榨，趁機揭竿而起，豎起抗金大旗，迅速聚眾數十萬。

3. 辛棄疾也積極回應，組織起一支兩千多人的起義軍前去投奔耿京，後來在軍中擔任掌書記的職務，為耿京出謀劃策。

4. 起義軍在戰場上奮勇殺敵，接連取勝，狠狠地打擊了金軍的囂張氣焰。很快，這支軍隊便發展壯大到二十餘萬人。

5 一日，辛棄疾隨同耿京檢閱軍隊。只見營壘連成一片，在嘹亮的號角聲中，排列成陣的將士們個個精神抖擻。

6 閱兵結束後，耿京下令犒賞三軍。將士們圍坐在篝火旁，一邊開懷暢飲，一邊分食大塊的烤牛肉。

7 幾個士兵被這熱鬧的氣氛所感染，撥響琵琶，唱起了嘹亮雄壯的軍歌。這段軍旅生涯成為辛棄疾最美好的回憶之一。

8 一年後，辛棄疾奉命南渡與南宋朝廷聯絡。沒想到，這時起義軍內部出現叛亂，耿京被殺，叛徒率軍投降了金人。

9 辛棄疾在北返途中聽聞此訊,大為震怒,率五十名騎兵直撲金軍大營,將叛徒擒拿,帶回南宋朝廷。

10 辛棄疾滿懷殺敵報國的熱忱,南宋朝廷卻偏安一隅,無心收復失地。他南歸後始終不受重用,只能擔任低微的官職。

11 他雖頗有政績,但在官場上還是處處受主和派排擠。四十二歲那年,辛棄疾因受彈劾而被免職,隱居於江西上饒。

12 好友陳同甫專程來拜訪隱居的辛棄疾。兩人同遊鵝湖山,把酒吟詩,暢談天下大勢,更堅定了他抗金的決心。

13 幾天後，這對志同道合的摯友才依依不捨地分別。

14 陳同甫離開後，辛棄疾思緒萬千，揮筆寫下了多首詩詞，與陳同甫酬答唱和。《破陣子》一詞便是作於此時。

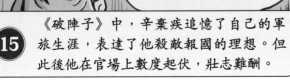

15 《破陣子》中，辛棄疾追憶了自己的軍旅生涯，表達了他殺敵報國的理想。但此後他在官場上數度起伏，壯志難酬。

16 1207年，辛棄疾帶着憂憤的心情與世長辭。據說，他臨死前仍記掛着抗金事業，大呼「殺賊、殺賊」。

過零丁洋

[宋]文天祥

辛苦遭逢起一經①，干戈②寥落四周星③。

山河破碎風飄絮，身世浮沉雨打萍。

惶恐灘④頭說惶恐，零丁洋⑤裏歎零丁⑥。

人生自古誰無死？留取丹心⑦照汗青⑧。

注釋

①一經：古代科考要求考生選考五經之一。

②干戈：指戰爭。 ③四周星：四年。

④惶恐灘：在今江西萬安，是贛江中的險灘。

⑤零丁洋：即伶仃洋，在今廣東珠江口外。

⑥零丁：孤苦無依。

⑦丹心：紅心，比喻忠心。

⑧汗青：這裏指史冊。

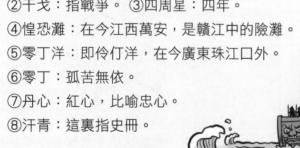

1 南宋愛國詩人文天祥才華出眾，在二十一歲那年就考中進士，被宋理宗欽點為狀元。

2 然而，由於他為人正直，不願逢迎朝中奸臣，所以一直得不到重用。

3 公元1275年，元軍大舉南下，文天祥得知消息後心急如焚。

4 很快，朝廷下詔令各地派兵守衛臨安。文天祥接到詔書後，拿出家產，召集了一支義軍，浩浩蕩蕩開赴臨安。

5 文天祥積極請戰，朝廷卻沒能對這支義軍做出有效部署。1276年，元軍直逼臨安，朝中大臣紛紛棄官逃跑。

6 主持國事的謝太后惶恐不安，派文天祥前去與元軍議和。文天祥想趁這個機會到元軍營中一探虛實，便一口答應了。

7 他來到元軍主帥伯顏帳中，絕口不提議和之事，反而正義凜然地表達了與元抗爭的決心。伯顏大怒，將他扣押下來。

8 謝太后一心投降，沒過多久再次派人求和，臨安不戰而降。謝太后、宋恭帝和文天祥等都成了元軍的俘虜。

9 在押送途中，文天祥趁元軍不注意，從鎮江乘船逃走了。之後趙昺（粵音示）即位為帝，文天祥動身前往福州。

10 文天祥到達福州後，身居高職。他多次提議收復兩浙地區，卻遭到陳宜中等大臣的反對。

11 文天祥便離開福州，到南劍州建立都督府，招兵買馬，組織抗元。他的這支軍隊頻頻取勝，收復了大片失地。

12 1277年，文天祥所率領的軍隊在空坑一地戰敗。文天祥雖逃脫了險境，但他的妻兒及幕僚都不幸被俘。

13 文天祥帶領殘兵轉移至潮州，可走到五坡嶺時，再次遭到元軍的包圍。最終文天祥寡不敵眾，被元軍俘獲。

14 文天祥鐵骨錚錚（粵音爭），見到元軍統帥張弘範後，昂首挺胸，寧死不跪。張弘範屢次勸降他，他都不為所動。

15 過了一段時間，張弘範奉命前去攻打退守至崖山的南宋朝廷。他命人將文天祥押送上戰船，一起隨軍前往。

16 途經伶仃洋時，張弘範逼迫文天祥寫勸降書給南宋將領張世傑。文天祥大罵：「我怎能教人背叛如同父母的國家？」

17 張弘範一再索要勸降書，文天祥便憤然提筆，寫下了《過零丁洋》一詩。

18 在詩中，文天祥追憶了自己入仕、抗元、兵敗被俘的經歷，並表明自己以死殉國的決心。張弘範讀完後深受感動。

19 不久，元軍在崖山擊敗張世傑率領的宋軍，南宋徹底滅亡。文天祥被押解到元大都。元世祖想封他為相，卻遭拒絕。

20 文天祥寧死不屈，元世祖為絕後患，下令將他處死。臨刑時，文天祥向南方跪拜後，從容就義。

獄中題壁

［清］譚嗣同

望門投止①思張儉，

忍死須臾待杜根。

我自橫刀向天笑，

去留肝膽兩崑崙②。

注釋

①投止：投宿。

②兩崑崙：有兩種說法，其一指康有為
和瀏陽俠客大刀王五；其二為「去」
（即離開）指康有為，「留」（即留
下）指自己。

1 清朝末年，慈禧太后專政，朝廷腐敗無
能。外國列強對中國虎視眈眈，相繼發
動了鴉片戰爭和甲午中日戰爭。

2 清廷戰敗後，被迫割地賠款，簽訂了一
系列喪權辱國的不平等條約。

③ 面對嚴重的民族危機，維新派領袖康有為率先主張變法。他多次上書光緒帝，要求對國內的各項制度進行改革。

④ 維新派雖未得到清政府支持，但在國內引起很大的迴響，而青年譚嗣同（嗣，粵音自）也開始思考如何挽救民族危亡。

⑤ 公元1896年，譚嗣同在北京結識了康有為的學生梁啟超，對維新思想有了進一步的認識，並加入到維新派的隊伍中。

⑥ 1898年6月11日，在康有為的多次鼓動下，軟弱的光緒帝終於下定決心變法，實施新政。

7 變法開始後的三個月內，光緒帝向全國頒布了一份又一份詔書，內容涉及政治、軍事、經濟等多方面。

8 這一年是戊戌（粵音務摔）年，故變法被稱為「戊戌變法」。慈禧太后見自己的權力受到威脅，便想廢掉光緒帝。

9 光緒帝察覺到慈禧太后的意圖後，連下兩道密詔通知康有為、譚嗣同等人設法改變局勢。

10 維新派眾人收到密詔後，十分驚恐，不知所措。這時，譚嗣同自告奮勇地站出來，表示願意去找握有兵權的袁世凱幫忙。

11 袁世凱一口答應了譚嗣同的求助，表示願意起兵，幫助光緒帝奪回政權。

12 沒想到，袁世凱這個奸詐小人轉頭就向慈禧太后的寵臣榮祿告密。

13 榮祿得知消息後，連夜進京向慈禧太后報告此事。慈禧太后勃然大怒，立即派人將光緒帝軟禁起來。

14 慈禧緊接着下令逮捕維新派人士。為了躲避朝廷的圍追堵截，許多維新派人士紛紛出逃。

15 譚嗣同的好友大刀王五見狀，想充當保鏢，幫助譚嗣同逃亡。譚嗣同卻執意留下改變局勢，即使犧牲也在所不惜。

16 很快，一直設法營救光緒帝的譚嗣同被捕入獄，但他鎮定自若，毫不後悔。

17 在獄中，他由自己當前的境遇，聯想到歷史上險遭宦官迫害的張儉、差點被鄧太后要了性命的杜根……

18 他心裏明白，鬥爭必然會有犧牲，所以一點兒也不懼怕。他越想越激動，隨手從地上撿起一塊煤渣寫了一首詩。

19 他反覆吟誦最後兩句「我自橫刀向天笑，去留肝膽兩崑崙」，放聲大笑，因為他知道必定有人完成他未竟的事業。

20 幾天以後，譚嗣同與康廣仁、楊深秀等六人被押送到了北京宣武門外菜市口的刑場斬首。

21 譚嗣同被安排在最後一個斬首，目睹同伴在自己面前死去，他也面不改色，從容地向群眾宣講自己的愛國主張。

22 當劊子手向他揮刀的那一刻，他還大聲高呼：「有心殺賊，無力回天。死得其所，快哉快哉！」

孩子愛讀的漫畫中國經典
古詩詞故事

作　　者：幼獅文化
繪　　圖：磁力波卡通、魔法獅工作室
責任編輯：陳奕祺
美術設計：張思婷
出　　版：園丁文化
　　　　　香港英皇道 499 號北角工業大廈 18 樓
　　　　　電話：(852) 2138 7998
　　　　　傳真：(852) 2597 4003
　　　　　電郵：info@dreamupbooks.com.hk
發　　行：香港聯合書刊物流有限公司
　　　　　香港荃灣德士古道 220-248 號荃灣工業中心 16 樓
　　　　　電話：(852) 2150 2100
　　　　　傳真：(852) 2407 3062
　　　　　電郵：info@suplogistics.com.hk
印　　刷：中華商務彩色印刷有限公司
　　　　　香港新界大埔汀麗路 36 號
版　　次：二〇二三年四月初版

本書香港繁體版版權由幼獅文化（中國廣州）授予，版權所有，翻印必究。

ISBN: 978-988-76896-0-7
Traditional Chinese Edition © 2023 Dream Up Books
18/F, North Point Industrial Building, 499 King's Road, Hong Kong
Published in Hong Kong SAR, China
Printed in China